# ウスリー草原のヤポンスキー

Jun
ji
Na
ka
o
ka

中岡 準治

文芸社

「捕虜体験記II　沿海地方篇」
（ソ連における日本人捕虜の生活体験を記録する会・編、1984年刊、306頁より）

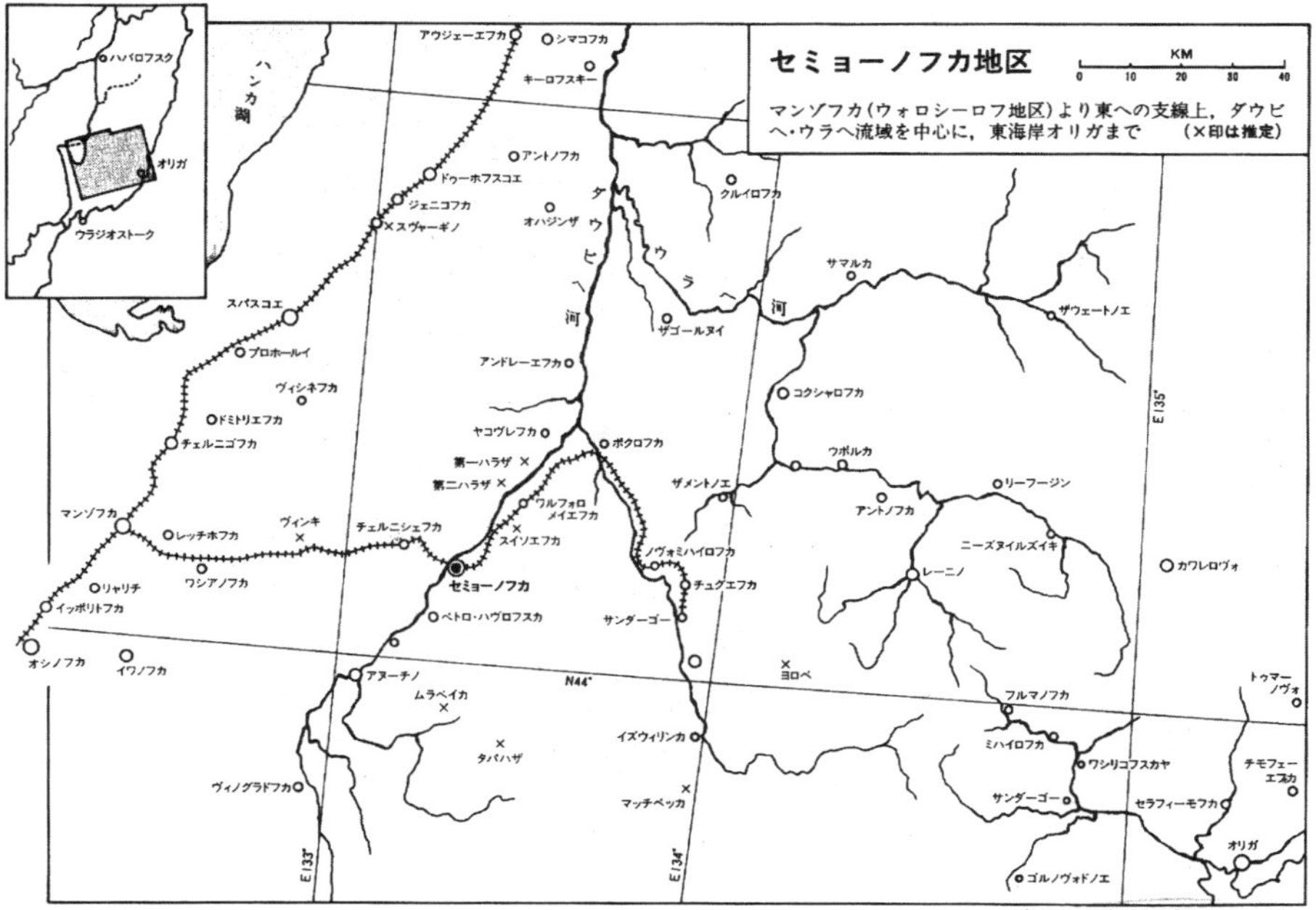

（×印の推定地点は『黄土』による）

昭和19年　法政大学予科

# あいさつ

父、中岡準治は文学と郷里の自然をこよなく愛した人でした。

また、歳月を重ねるにつれ、若いころ捕虜として抑留生活を余儀なく送らされた、シベリヤの地に、郷愁のようなものを覚えていたようでした。そして、いつか彼の地を訪れてみたいと申しておりました。

長女である、私の名前を「浦子」と命名したわけを、あるとき次のように話してくれました。

「おまえの名前には、三つの思いを込めたんだ。まず、萩原朔太郎の詩に出てくる『浦』という名の女性にちなんで、そうして、海に面した尾鷲で生まれた子だから、その『浦』をとって、最後にロシヤの言葉で『すばらしい』を意味する感嘆の言葉『ウラー』（ypā）をあわせて〝浦子〟と名付けたんだ」

父の思いが込められたこの名前は、私にとって、大切な形見となりました。

晩年、父は文章を書くことを楽しみ、新聞投稿が活字になることをたわいもなく喜んでおりました。また、家族にはほとんど語ることのなかった、シベリヤでの悲惨な体験は、いつしか父の中で昇華され、「戦時・抑留体験記」として一編の叙情的な私小説になりました。

父は、「新聞投稿集」と「戦時・抑留体験記」を一冊の本としてまとめたいと考えていたようでした。しかし、その思いも叶わぬまま、平成十一年四月十二日、帰らぬ人となりました。

この本をまとめるに当たり、たくさんの方々のご厚意をいただきました。ここに、故人の念願であった一冊の本を作ることができましたことをご報告し、母・中岡咲子、弟・中岡審治とともに、次の皆様に深く感謝いたしたいと思います。

「戦時・抑留体験記」の編集に関しては、「不戦兵士の会」世話人の山内武夫さんに貴重なご助言をいただきました。同じく、年譜及び、地図の作成には、「ソ連における日本人捕虜の生活体験を記録する会」代表世話人の江口十四一さんのご指導をいただきました。

また、父の友人として、すばらしい挿し絵を描いてくださった瀧嶋利喜夫先生、「戦時・抑留体験記」の編者を引き受け、あとがきを書いてくださった叔父中岡三益、編集の手伝いをしてくれた、夫・箕浦龍一にも、御礼申し上げます。

最後に、こんなつたない本づくりにご協力してくださった、(株)文芸社の小澤秀生さん、中村美和子さんに感謝いたします。

故人が生前ご厚誼をいただきました方々に、お読みいただければ、幸いです。

平成十二年五月

母・咲子、弟・審治とともに
長女　箕浦浦子記す

# はじめに

平成五年七月、「学校の制服は不経済不合理」が新聞投稿の始まりである。掲載されると、高校生の母親だという人から「あんなことをかかれると困る」と苦情の電話がかかってきて驚いた。すると、「声欄」に別の母親が賛成意見を書いてきてくれた。二回目の「『すごく』乱用私には疑問」は紙面では、「…私には耳障り」になっており、新聞はその性質上、インパクトの利いたものに改題することが多いことを知った。が、あまりにも要旨とかけ離れてしまったものは元に戻した。不本意な添削も元に戻した。

ところで、この「『すごく』乱用……」では、愛知の年輩の男性から、「大いに共感」とのハガキをいただいたが、「声欄」に若い高校教師の反論が掲載された。最初は若い女性が使うだけだったが、今では隆盛を極め、書き言葉にまで進出の勢い。どうやら年寄りの負けらしいのだが、私はどうも好きになれない。

いずれにせよ、私は新聞投稿というものの思いがけない反響に驚いた。が、考えてみれば当然のことで、友人や知人からは、「お元気で何より、読みましたよ」と電話やハガキをいただき、これはメッセージを発信しているようなものだと思った。「共済だより」の「山桜と桐」でも、伊豆の新島で教育長をしているという新島中の教え子から、観光のお誘いを受けた。尾鷲高校の同級会に、名古屋から来た九鬼中の三人の教え子には、「これで書いてくだささい」と万年筆を頂戴した。尾鷲柿について書くと見知らぬ名古屋の方から、かつて尾鷲で教職につかれていたその方のご主人が亡くなられるとき、「尾鷲柿が食べたい」というので探し回ったが、手に入れることができなかったという、悲しい思い出の手紙もいただいた。

私の投稿文にも、社会事象に問題意識を持ち、意見を述べる投稿本来の側面もあるが、大半は自然や、旅や、身辺の雑記である。いわば、年寄りの趣味としての色合いが強い。が、この社会との小さな関わりを大切にしながら、細く長く続けていこうと思っている。

「全日本年金者組合」、「三重県退職教職員互助会」、「三重県年金者組合」、「三重県戦後50年体験文集発行委員会」に、戦中、戦後の体験記を寄稿したものを、ここに「戦時・抑留体験記」としてまとめた。再掲に当たって、大幅に加筆したことをお断りしたい。「入隊」「復員」は並べて、掲載されたものであるが、ここではすべて体験順に配列した。

「ウスリー草原のヤポンスキー」は、捕虜生活第一歩の強い印象をつづったものであり、この投稿文集の表題とした。

——投稿百編を記念して著者記す——

# 目次

目　次

目　次

本文イラスト　瀧嶋利喜夫

# 第一部

# 戦時・抑留体験記

# 1　入隊

昭和十九年、東京の空襲はまだ始まっていなかったが、戦局は急速に逼迫《ひっぱく》し、街が日増しにさびれていくのが、つまらなく、心細かった。

蕎麦と鮨の好きな私だが、自由ケ丘の迷路のような路地の奥で、テーブルひとつ置いて、掛け蕎麦一品だけを商っていた店も暖簾《のれん》を降ろした。小さな店座敷の壁に寄せて、蕎麦粉の入った錆《さ》びた一斗缶が三つ四つ積んであったが、それが底をついてしまって、後が入らないのだと言う。出征した亭主の後を細々と守っていた女主人は、憮然としていた。

鮨飯に細かく刻んだうどんをたっぷり混ぜて、駅前で頑張っていた握り鮨の屋台も、いつのまにか姿を見せなくなっていた。工夫を凝らした小商いも立ちゆかなくなり、気のいい親父も、さぞ困っていることだろうと私は思った。

川崎の木月の予科の食堂も、申し合わせたように店仕舞いし、具の入らない汁だけかかった雑穀入りライスカレーを、食べに行く楽しみがなくなってしまった。たとえ粗末なものだったにせよ、昼飯のないというのはさびしいものだった。食堂から残っていた熱気と騒音が消えると、勤労動員も重なって、学校そのものがしぼんでしまった。

渋谷界隈の繁華街に出ても、人影もまばらで、以前の賑いはすっかり影を潜め、表通りや道玄坂を彩っていたもの、楽しいものは、みんな幻のように消えてしまい、上京した頃、雑沓の中を、浮き立つように歩いていたのが嘘のようだった。かわりに「ぜいたくは敵だ」とか、「欲しがりません、勝つまでは」などと、都合のいい国策標語ばかりが流布されて、不平も何も言えない貧寒とした世の中になっていた。

自由ケ丘のひとつ手前の、大井線・緑ケ丘の下宿の食事も、ぎりぎりに切りつめられた配給で、食欲を満たすにはほど遠かった。土釜（使いこんだ鉄釜まで軍需に供出させられた）の底の平麦入りの飯には、杓文字で三等分に線がひかれ、下宿のおばさんと、友人と、私は、互いに相手の分をへずらないよう気遣いながらよそい、ちゃぶ台を囲んでひっそりと食事をした。水っぽい平麦入りの飯は、茶わんに一杯半ほどだったろうか。

友人と私は昭和十七年四月、法政大学予科入学当初から同じクラスで、下宿も同じだった。最初は自由ケ丘のひとつ奥の大井線・九品仏《くほんぶつ》の緑荘という玄人下宿だった。この頃はまだ物心共にゆとりがあり、下宿の賄いもまずまずだった。浴衣がけや着流しで街を歩く平時の風俗も残っていた。おでん屋や焼鳥屋も健在で、安直に一杯やることもできた。いくぶん時節を感じさせる料理だったが、渋谷の白十字でクラス会を開催したこともある。自由ケ丘の握り鮨の屋台も、江戸前のネタを並べて、まだ銀舎利だった。

私達はよく郊外へ散歩に出かけた。市街を外れると、すぐに大小の留桶《とめこが》のある広い畑にぶつかり、田圃に出た。田圃の水路に添って行くと、鮒や目高の潜む沼や溜池があり、その背後には雑木の林や丘が続いていた。あちこちで茅葺や藁葺の百姓家に出会い、高台にぶつかった。高台に出ると、明媚な富士を見はるかすことができた。二子《ふたこ》の渡しの辺りまで足を延ばすと、玉石の川原に、澄んだ水をたっぷりとたたえて多摩川が流れており、岸辺に屋形船が浮かんでいて、田楽を売っていたりした。

土埃を巻きあげる関東特有のからっ風と、雨や霜解けのぬかるみには悩まされたが、この頃の郊外は空気が澄んでいて、土の臭いに満ちていた。土手や野原にはバッタやトンボが飛び交い、里山自然が潤沢に姿を残していたのだ。戦争に明け暮れる時代だったから、穏やかな時間の中で形造られた、そんな平和な風物に、私達はよけい心をひかれたのだろう。

生真面目な友人は、時折休日にもきちんと袴を着け、立派な作りの弓と矢筒を担いで、

「行ってくっから」

と、弓道の練習や試合に出掛け、私は小説を読んでごろごろしているか、映画を見に行くのが常だった。私はまた時をかまわず友人の部屋に押しかけ、談笑したり議論し合ったりした。語学

の予習にも身を入れていた友人は、迷惑に思ったことも再三だったに違いない。けれども、私達は馬が合うというのか、リヤカーをひいて下宿を替わるのもいつも一緒だった。路地の奥の蕎麦屋は、昭和十八年のいつの頃だったか、銭湯帰りの散歩の途次で、二人で見つけた穴場だったのだ。醤油辛い掛け蕎麦だったが、私は今でも、そんな関東風の蕎麦が好きである。

また、水戸出身の友人は、水戸学に傾倒するなかなかの硬骨漢で、茨城弁など少しも気にする風もなく、最後まで英語を「イーゴ」と訛っていたが、そういう飾り気のない人柄が、今は懐かしく思い出される。

が、昭和十八年一月、ニューギニアの日本軍全滅。二月、多数の戦死と餓死を伴ったガダルカナル島撤退を契機に、南太平洋では悲惨な精算主義の玉砕が相次ぎ、物心共に残っていたゆとりなど、たちまち雲散霧消した。

昭和十九年九月、私達は戦時繰り上げで、半年早く学部へ進むことになった。が、これは、役に立たない文科系の勉学年月を端折《はしょ》って、軍隊に動員するのが狙いで、決して喜べる進学ではなかった。いよいよさし迫ってきた戦争を、肌身に感じないではいられなかった。クラスの者も、結核で兵役免除になった青白い顔の級友を「種馬」と称して羨ましがっていたのである。

詩人、金子光晴が、溺愛する一人息子を松葉の煙で燻《くゆら》したり、裸で雨の中に立たせて痛めつけ、兵役を免れさせた話はよく知られているが、健康であることが仇になるような、そんな不幸な時代だったのだ。のびやかだった予科の校風は、しだいにすさんだものに変わっていった。

もうすぐ、飯田橋の学部に移ろうとしていた木月の予科の教室で、一人のアメリカンフットボール（もう活動はできなくなっていた）の選手と、三、四人の空手部員との間に乱闘があった。屈強のアメフトのメンバーは椅子を振り回し、体当りを喰らわせ、空手部員をたじろがせた。かなわぬとみた空手組の一人がドスを抜き、机の上に飛び上がると、バシッと頭を切りつけた。鮮血が散ってアメフトが倒れた。級友達がシャツを裂き、頭を巻いて病院に担ぎこみ、大事には到らずに済んだ。関った空手部員は即刻退学になった。

殺伐とした、あるいは次元の低い話かも知れない。が、戦争に搦《から》め捕《と》られていった当時の若者達の自棄的な姿を、これは裏側から端的に見せた事件だったと言えなくもない。

早くに連れ合いを亡くした下宿のおばさんは、先年には一人息子を学徒動員でとられ、寂しい境涯だった。童顔で、小柄な、和服姿のもの静かなおばさんを私達は好きだった。おばさんは時折、大切な衣類を米や野菜に替え、思いがけない御馳走をしてくれることがあった。私達が口々に礼を述べると、いつもはにかむような笑顔を見せた。ざらざらとささくれたものになっていった学生生活の中で、「ちゃぶ台を囲んでひっそりと食事をした」この緑ケ丘の下宿は、私達に残された最後のオアシスだったのだ。

昭和十九年九月、私はこの下宿で、十九歳現役入隊の召集礼状を受け取った。

癩の宣告よりも
もっと絶望的なよび出し。
（金子光晴詩集・蛾「子供の徴兵検査の日」現代日本文学大系67・筑摩書房より）（注）

小さな一枚の紙切れだが、強大な国家権力による人間の徴発だった。完全な自由の剥奪と死をも意味した。覚悟はしていたつもりだったが、そんなものは何の役にも立たなかった。ずるずると蟻地獄の深みに落ちて行くような暗澹《あんたん》とした気持ちだった。事務的に令状を手渡し、そそくさと玄関を出て行った配達人の姿と共に、残暑厳しかったこの日のことは、忘れることができない。その夜は、空き腹に無糖紅茶ばかり飲みながら、友人と遅くまで語り合った。しかし、いくら語り合っても、世界が閉ざされていくように思えてならなかった。

次の日、九品仏の緑荘で一緒だったバイオリニストの友人が来て、餞《はなむけ》の曲を弾いてくれた。

――紀州の明るい日ざしと、みかん山から眺める海景色の好きだったこの友人は、金沢の人で、私より四つ五つ年上だった。中学校卒業後東京に出てきて、本格的な師につくというハンディキャップを負いながら、音楽学校を卒業すると、最も難しい日響（現N響）の第一バイオリン奏者になった人だった。学生の頃、下宿の物干し場で、ピラストロのガット弦を夜露に切らしながら、懸命に練習に励んだ話など、今も耳に残っている。
友人は小柄だったが、端正な面ざしで、困難に屈せぬ強固なところがあった。いつも背筋をしゃきっと伸ばし、きびきびとして、新進気鋭の人らしい気宇を漲らせていた。友人は何度か私に、北陸の冬の厳しさや、雪山の美しさ、スキーやスケートの楽しさを語ってくれた。が、降雪地とはどういうところなのかさえ、暖国育ちの私には想像がつかなかった。西欧文学の好きだった友人は、湿っぽい日本文学はあまり語らなかったが、たまたま金沢の詩人・室生犀星が話題になったことがある。一番好きな詩を尋ねると、友人は即座に、第四詩集「鶴」の冒頭詩を上げた。

切なき思いぞ知る

我は張り詰めたる氷を愛す。
斯《かか》る切なき思ひを愛す。
我はその虹のごとく輝けるを見たり。
斯る花にあらざる花を愛す。

我は氷の奥にあるものに同感す、
その剣のごときものの中にある熱情を感ず、
我はつねに狭小なる人生に住めり、
その人生の荒涼の中に呻吟《しんぎん》せり、
さればこそ張り詰めたる氷を愛す。
斯る切なき思ひを愛す。

（室生犀星「愛の詩集」角川文庫より）

凛冽に過ぎて、少々勝手の悪さを感じはするが、今では私にも理解の届く詩である。ゆるぎない緊張に貫かれた硬質の抒情詩だ。透徹した美意識がいい。

友人の音楽への志向と強固なところは、金沢のゆたかな伝統文化と北陸の風土に育くまれたものでもあったろう。けれども戦争は、「狭小なる人生」どころか、誰もあらがうことのできない力で、人生の存在そのものを脅かした。

さすがに友人も、欝屈するものがあったのだろう。昭和十九年の晩春のある朝、急に、

「気晴らしに、箱根へ行ってみようか」

と言い出し、二人で十国峠へ行ったことがある。縹渺《ひょうびょう》とした十国の山影を眺めているうちに、小

田原へ下りて行くことになり、見当をつけて岨道を辿って行った。途中、谷川に浸って汗を流したりした最後の山行だった。が、前年の十二月には、徴兵適齢が二十歳から十九歳に引き下げられ、重い軛《くびき》を枷《か》せられてしまったようで、私はもう自然の中へ溶け込んでいくことができなかった。

街には食べ物の影もなかった同じ頃、友人が、

「旨い物を食べに行こう」

と、帝国ホテルの食堂へ連れていってくれたことがある。半信半疑でついて行くと、すぐに料理が二皿出てきて驚いた。量は少なく、パンも一枚きりで薄かったが、お呪《まじな》いのようにバターもついていた。久しぶりにフォークとナイフを使いながら、辺りをよく見回すと正装した婦人同伴の将官が大半だった。社交場として、軍の特別な計らいがあったのだろうか。料理はおいしかったが、エポレットや金モールで飾り立て、佩刀《はいとう》を鳴らして干城と称する益荒男振りの苦手な私は、いささか鼻白んでしまった。

私は友人の後について、楽屋口から日比谷公会堂(首都にも音楽堂がなかった)に潜り込み、何度も日響の定期演奏を只聴きしたが、それが昨日のことのように甦ってくる。この頃は演奏に先立って「海行かば」が奏された。私はそれが嫌だった。

海行《ゆ》かば　水浸《みづ》く屍《かばね》、
山行かば　草むす屍、
大皇《おほきみ》の　辺《へ》にこそ死なめ、
顧《かへり》みはせじ。

大伴家持が長歌に引用した古歌謡である。

「大皇の　辺にこそ」とあるように、歴史的状況も死生観も異なる時代の、簡明率直な心情だったのかも知れない。が、付された旋律は悲愴味を帯び、妙に重々しい。起立をして聴いていると、「水浸く屍」や「草むす屍」に、兵衣を着た自分の姿が、否応なく重なっていくのがやりきれなかったのである。何かと言うと、天皇の名が持ち出され、その影が亡霊のように立ち塞ってくる。後に「暗い谷間」と名付けられた時代だったのだ。

「大皇の」というより、国の存亡に身を投じようと思っていた一途な弟は、募集のやり方に不満をもち、予科練志願を望んで父母を困らせた。が、心ばえ蕪雑《ぶざつ》な私は、この世への未練を断ち切ることなど、思いもよらなかったのである。

私は、「海行かば」が終わる頃を見計らって、そっと会場に入るようにした。

友人がバイオリンを弾いてくれた二、三日後の、慌しい旅立ちだった。朔太郎のアンソロジーをボストンバックに入れ、朔太郎が奇しくも「運命の露地」とうたった、町工場の立て込む大井町の駅で、私は友人達と別れた。バイオリニストの友人が、愛用のシガレットケースを柵の外から投げてくれた。が、それはホームの私には届かずに、線路の夕闇に吸い込まれてしまった。友人達に立ち交って、五年間一緒に部員として剣道に励んだ中学時代の友人の妹もいた。私は後ろ髪を引かれる思いに、動き出した電車を降りてしまいたい衝動に駆られた。

私は本籍の奈良県吉野郡上北山村に向った。父母も、現住所の尾鷲から来ており、そこから村人に送られて、入隊する手筈になっていた。上北山の小橡《ことち》の里は、標高一五〇〇メートルのイトか笹の高原台地と、樅《もみ》や橅《ぶな》の原生林に覆われた大台ケ原山の麓にある。父が学んだ、たった一教室の寺子屋のような分校と、一軒の商店と、三十軒余りの人家が、渓流に添って軒を並べる僻村である。

毎年夏休みになると、家族で避暑を兼ね、先祖の盆供用に来るのが習わしになっていた。真夏に冬布団を着るほど涼しかったのだ。熊野川の支流の北山川の、そのまた支流の、見事な鮎の群れている小橡川で泳ぐのだが、あまりに清冽で、私はすぐに震え上った。

かって、捕虫網など持って屈託なく歩いた村道を、私は夕方ひとりで歩いた。一度標本にしたことのある赤紫の葛《くず》の花が、その時も山際に咲いていた。蜩《ひぐらし》が谷間いっぱいに時雨れていた。また聴くことができるだろうか……蜩の声は澄んでいたが、私の心境は複雑だった。青い淵にかかった吊り橋の川向うには、山を背に、南朝の悲史を秘めた龍泉寺が、静かな景観を見せていた。

その晩は父母と三人で鶏鍋をつつき、父と盃を重ねた。夜が更けるにつれ、瀬の音が高まり、さびしさこのうえない夕食だった。ふと父が箸を止め、少しためらっていたが、弟のことが心に懸かっていたのだろう。

「死に急ぐなよ」

と言った。前年、神宮競技場での学徒出陣式で、雨の中を行進した兄は、すでに陸軍航空隊の地上勤務で北京郊外・通州《つうしゅう》にいた。弟はやがて陸軍予科士官学校に、陸軍士官学校五四期の川崎大尉に嫁したひとりの姉も去り、そして明日は私が現役入隊と、父母の身辺はいよいよ寂しいものになるのである。ほんとうは、

「生きて帰れよ」

と、言いたかったに違いない。

閉塞された生を強いられ、荒涼索漠《さくばく》とした世の中だったから、敬愛する友人との交わりや、わずかな青春の彩りや、あるいは、たまさかの静謐《せいひつ》なひとときが、時代に屈折を余儀なくされた情愛のことばと共に、今でも深く心に残っているのだろう。

昭和十九年十月、私達新兵は、満州平陽第八〇三部隊への編入を命じられた。満蒙四〇〇キロに及ぶ、長大な国境に真向うソ連軍の脅威は、深刻の度を増していた。敗色は歴然として、南太平洋の戦局は終末点に向っていた。大本営が喧伝《けんでん》した「無敵の陸海軍」の威武は地に墜ち、日本の領海さえアメリカの制圧下に入ろうとしていた。

私は救命具を着け、潜水艦の攻撃のないことを念じながら、船倉に座っていた。輸送船は夜の玄界灘を渡って行った。

（全日本年金者組合三重県本部「戦中戦後を生きて」）

（注）一部不適切な表現がありますが、時代背景を考慮しそのままとしました。

## 2　ウスリー草原のヤポンスキー

黒龍江省・牡丹江のとある駅で、千人余の関東郡捕虜を満載した貨物列車は、来る日も来る日も走り続けた。

貨車の中は、汗の臭いと熱気でむせかえっていた。かと思うと、八月だというのに寒くて眠れない夜もあった。早くも病気で寝込む者が出てきた。人間の缶詰同然の密閉状態で、いったい何日走ったろう。

便所はなく、二メートルほどの高みにある小窓まで、三、四人に担ぎ上げて貰い、後ろ向きに尻だけ外に突き出して、もがきながら用を足さなければならない。携行食として、煎《い》り大豆が支給されていたが、私は極力飲食を控えた。時折野原に停車すると、コンボーイ（監視兵）によって外から鉄扉が開けられる。すると私達は急いで飛び降り、外気に一息つき、線路の付近に散らばって排尿や排便をした。

ある時、いつものように飛び出していくと、そこはもうソ連領で、どこにでもあるような田舎町の駅の構内だった。構内だからといって、生理をためらっている暇《いとま》はない。するとすぐに、大勢のロスキーが見物に集ってきて、駅の柵に鈴なりになった。

彫りの深い顔つきも、肌や、目や、髪の色も、胸板の厚いがっしりした体格も、目の醒めるようなピンクや、水色の衣服も、声高なしゃべり方やゼスチュアも、私達とはまるで異なるロスキーを見た時、私は強烈に異国を感じた。が、同時に、どこか中世的な面影を残していて、肌合いの親《ちか》しさを感じた。オリエンタルな農耕民族らしい泥臭さも、私達とは類縁のものだった。

野次馬はどこも同じだ。さすがに女や子供にはいなかったが、中にはわざわざ柵を乗り越えてきて、しゃがんでいる私達を覗きこみ、

「ヤポンスキー、サムライ、ハラキリ、ダー」

などと、切腹の所作をしてからかうのだ。

〝サムライ、ハラキリ〟は、日露戦争後、大国ロシヤを席捲したジャポニズムだが、痛いところを突かれた思いがした。

しかし、そんな侮辱よりも、私は、嫌忌《けんき》する軍隊と戦争が潰《つい》え、我が家へ帰れる喜びの方がずっと大きかった。もう少しの辛抱だ。ナホトカには復員船が待っている。私は人いきれの充満する中で眼をつむり、懐かしくも気懸かりな家族のこと、そして東にリアス式の海と漁港が開け、後はどこへ行っても、大台山系の山並みが幾重にも迫ってくる、狭隘《きょうあい》だが紀州路の活気に溢れる町、

わが故郷・尾鷲に思いを馳せていた。

ある夜、小窓から星を見ていた者が、突然こう言い出した。

「おい、これはナホトカと方角が違うぞ！　俺達はシベリヤに連れていかれるんだ！」

一瞬、騒然となり、何人かが慌てて小窓に寄り、星を確かめていたが、誰かが、

「そうだとしても、復員船の順番を待つ間だけ、ちょっと働かされるだけだろう」

と、もっともらしい意見を述べると、みんなそれに同調し、たちまち騒ぎも納まってしまった。

復員の幸運を手中にして、前途を楽観せずにはいられなかったのだ。才は利《き》くが、雷同的で、状況判断に甘いのが私達ヤポンスキーである。だから、抑留中ロスキーに、

「スコーラ、ニッポン、ダモイ（もうすぐ日本に帰れる）」

などと、性懲りもなく騙《だま》され続けたのだ。もっとも、その度に私達は、捕虜の苦しさ侘しさを、つかの間、忘れることができたのだが……。

それから、何日か後、私達は次々と、沿海地方のウスリー草原に降ろされた。私が一緒に降りたのは二百人余りだったろうか。どこを見渡しても、線路と土手の他は何もなく、ただ草原ばかりが、茫々と無表情に広がっていた。とりつく島もないような世界であった。

草原に踏み入ると、ズブズブッと脛《すね》が沈んでしまって驚いた。同時に、蚋《ぶよ》と蚊《か》が固まりになっ

てワッと襲いかかってきて、目や、耳や、鼻や、首筋に飛び込んできた。しがみついてくるような執拗な刺し方は、尋常ではなかった。ここは、人など住めない猖獗《しょうけつ》の地なのか……慌ててむしり取った草で打ち払いながら、ざぶざぶと湿原を三時間ほど渡り、へとへとになって、ようやく、木の疎《まば》らに生えた乾燥地帯に辿り着いた。ほっとして腰を下ろすと、コンボーイが、

「日が暮れるまでに、家を造れ」

と言う。私は唖然としてしまった。しかし、捕虜には長途の疲れも、空腹も、難渋を極めた湿原渡りも考慮の外なのだと観念し、みんなふらふら立ち上がって、最初の仕事にとりかかった。

七、八人ずつの班に分かれて家を造った。ナイフは無論、フォークまで取り上げられていたから、道具はその辺に転がっている石だけだった。一人が、太さ六、七センチの立ち木に取りついて引き曲げ、もう一人が、その根方を石の角で砕き切る。それを五本用意し、テント型に組んで木の皮で結ぶ。それに、三、四センチの細い木を切って、縦横に並べて結び、その上に茅《かや》を引きちぎって申し訳のように葺《ふ》き、小屋の中にも敷いて、夜半にはどうにか格好がついた。

手は傷だらけになり、ものも言えぬほど疲労困憊し、星の透けて見える真っ暗な草の床《とこ》の上で、これから、どうなるのだろうと、私は、先行きが不安でならなかった。

二、三日すると、荷馬車が鎌《かま》、斧《おの》、鋸《のこぎり》、その他の工具や器材を運んで来た。今度はそれで炊事小屋を造り、三十余りの草葺小屋を、不釣合いなほど頑丈な柵で二重に囲み、有刺鉄線を張り巡

らした。柵内の片隅には三坪ほどの穴を掘り、丸太を並べ、十人も一緒にしゃがめる吹き曝しの便所も造った。そして、柵外には器材小屋と、見張りの櫓《やぐら》と、ここだけはトタン葺きの、ストーブを据えた監視兵小屋を造り、最初のラーゲリが完成した。

それにしても、素手で草葺小屋を造らせるなど、手回しの悪い話だが、この後も、こんな不都合は毎度のことだった。

ドイツとの存亡を賭けた戦いで、ソビエト経済は破壊され、甚大な損害を被ったらしかった。捕虜の抑留は、国際法を無視した経済復興の一環だったのだ。関東軍が満州に放置した物資も、根こそぎ奪い取られたが、入ソ一年目の生活物資の支給は最悪だった。

とりわけ食糧は、質よりも何よりも、生きるための絶対量に欠けていた。僅かな黒パンと、キャベツが二、三片浮いた塩水のようなスープだけで、私達は日がな一日、腹を空かせてばかりいた。

食事の後、

「よけい腹が減ってきた」

と言うのが、この頃の私達の口癖だった。そのうえ、残念なことに、食物の分配は公平とは言い難かった。将校と一部下士官が炊事係りと結託してより多く食べ、他はより飢えていた。若い下級兵士に、衰弱者や死者の多かったのは、耐久力の問題もあるが、日本の軍隊の忌まわしい風習のせいである。しかも、こんな情況下で、なお下級兵士に内務班的な使役まで課していたのだ。

炊事小屋に盗みに入って捕まると、営倉に入れられた。営倉は二メートル四方で柱が四本、屋根のない有刺鉄線の檻《おり》のようなもので、見せしめのため、ラーゲリの中央に設けられていた。私達はそれを鶏小屋営倉と呼んでいた。明け方その中で、力尽きた鶏のようにうずくまっていた仲間の姿を、私は忘れることはできない。理不尽極まる話だが、ロスキーの造った不当な柵の中に、さらに、ヤポンスキーの造った不当な柵があったのである。

けれども、年月の経つに従い、そうした風習も階級制も淘汰《とうた》され、食糧も幾分か改善されて、抑留生活が、しだいに明るくなっていったのは幸いだった。日本の軍隊の陰惨な懲罰主義に比べれば、後の抑留生活の方がはるかにましだったと、私は思う。

とはいえ、その頃の私達は、パンの分配に眼の色を変えていた。まず、ブリキのナイフで一本の黒パンを八人分に切り分ける。次に一人が眼を閉じて手秤《てばかり》になる。すると、もう一人が手秤の両手に、とっかえひっかえパンを載せ、重いと言えば削り、軽いと言えば切り屑《くず》を足して、また量るのだ。それを真黒に汚れた手で、交替して念入りに繰り返し、最後はジャンケンで、勝った者から取るのである。

「起てよ、飢えたる者よ」と、インターナショナルは言うが、人は飢え過ぎると、こういう埒《らち》もない仕儀になる。私達はたぶん、野良犬のような暗い眼をしていたに違いない。

時折、コンボーイが黒パンを一本、丸ごと小脇に抱え、無造作に引きちぎって食べながら歩いていると、何か奇態なものでも見るように、私達ヤポンスキーは、みんなぽかんと口を開けて、阿呆のように眺めていた。

——抑留中、一度でいい、腹一杯黒パンを食べてみたいと、思い続けていたせいであろうか、私は今でも、黒パンに郷愁を覚える。じゃがいもを発酵させて造るイースト菌を用い、ふすまも入れた粗末な雑穀パンだが、舌を刺すような酸味と、独特な濃《こく》があった。カピタン（将校）は白パンだったが、癖になるというのか、ソルダート（兵士）はむしろ、好んで黒パンを食べているふうだった。私は、デパートのパン売り場などに入ると、まるで病気に罹《かか》ったように、つい、雑穀入りの黒パンに手が出てしまうのだが、どれも期待はずれで記憶の味とは違うのだ。あれはやはり、飢えの中だけの、特別な味覚だったのだろうか。

作業の行き帰り、私達はいつも下を向いて歩いた。時折、食糧運搬の荷馬車がじゃがいもを落としていたのだ。ひねこびて、二つ三つ食べると、えぐくて頭の痛くなる代物だったが、私達は、宝物を拾ったような幸運を覚え、サッと口に放り込んだ。けれども、うかつに隊列を離れて取りに行くのは危険だった。コンボーイによっては逃亡と見做《みな》し、待ったなしに発砲するのだ。

捕虜がコンボーイの銃を奪って逃亡したラーゲリもあって、彼等は意外なほど、私達を警戒するふうがあった。声を掛けずに、後ろから不用意に近寄るとびくっとして銃を構えるのである。

じゃがいも一つで、命を落とすわけにはいかない。みんな未練を残しながら、横眼でにらんで通り過ぎた。

ある日、小屋の仲間が、コンボーイのごみ捨て場から、じゃがいもの皮を拾ってきた。早速みんなで拾ってきて、小屋の囲炉裏で焼いて食べた。

「オーチェニ、ハラショウ（大変結構）！」

すると、ただ一人労働を免除されていた将校が、色をなしてやってきて、

「お前らそれでも日本人か、浅ましいことをするな！」

と、いたけだかに説教をしていった。しかし、言葉ほどには迫力も説得力も感じられなかった。まだ特権は与えられていたが、かって「生きて虜囚の辱めを受けず」（戦陣訓）と、訓示を垂れていた頃の将校の権威は、もう失墜していたのだ。

浅ましいには違いないが、諺にも「背に腹はかえられぬ」という。私達は意に介《あずか》せず、その後もちょいちょい拾いに行った。ところが驚いたことに、彼の当番兵も余禄《よろく》には与らないとみえ、こっそり漁りに来ていた。

浅ましかったのは、食べ物のことだけではない。生活が乏しいと、あんなに煙草が吸いたくなるものだろうか。煙草の支給はないのに、それまで吸っていなかった者まで欲しがったのだから、因果なものである。中には命の糧《かて》の黒パンさえ、仲間内で煙草と交換してしまうのだ。で、私達

は、新聞紙で巻いて吸うマホルカという茎煙草を、しつこくコンボーイにねだった。コンボーイの顔を見ると、挨拶代りのように、

「ザクリ、ダイ（茎煙草ください）」

を連発するのだから、彼等もうんざりしたに違いない。

兵士が薄給なのはどこも同じだ。余計な失費になるし、切りがないから、めったにくれはしなかった。で、私達は彼等が捨てるのを盗み見しながら虎視眈々《こしたんたん》と待ち、べっとり唾《つばき》のついたのを争って拾い、唇を焼きながら回し喫《の》みした。回し喫みには、乏しきを分ち合う、という気持ちもあったが、幻覚を覚える強烈なニコチンの味は、互いに魔薬のように不可欠のものだったからだ。

昔の侍は、人に後ろ指をさされると、腹を切ったというが、私達ヤポンスキー・サムライは、飢餓道に墜《お》ちて矜持《きょうじ》を失い、こらえ性もなく、さまざま浅ましいことをしたのである。

それにしても、ロスキーほどサモワールで沸《た》てる茶と蜂蜜を好み、酒と煙草を愛する民族はないというが、何の楽しみもない私達に茶も煙草も支給しなかったのだから、味気ない国柄だったのだ。文学や民謡ではあんなに身に迫って、よるべないブラジャーガー（流浪者）の心情や、憂い顔を描いたり歌ったりしているのだが。

柄が二メートル余、刃渡り六、七十センチもある大鎌を担いで、私達は毎日、草刈りに出掛け

た。途中、何度もけつまずいてよろけた。栄養失調で尻の肉が削《そ》げ落ち、足が思うように上がらなくなってきたのだ。

ソビエト映画で、南京木綿のカフタン（長上衣）を着た農奴が、草原に立ち並び、シャーンシャーンと、冴えた刃音を響かせて、霧の中を刈り進んで行く場面を見たことがある。大鎌が揃って、見事な労働風景だった。けれども、私達のはそれとはほど遠かった。コンボーイが近くにいる時は、ほどほどに力を入れて振ったが、行ってしまうとすぐ力を抜くのだ。いや、入れようにもひだるくて、ひだるくて、どうにも力が入らなかったと言った方がいい。が、見つかると、

「ヨッポイマーチ（馬鹿野郎）！」

罵声と一緒に、時には銃の台尻が飛んできた。座りこんで鎌研ぎばかりしていると、また怒鳴りつけられた。

その点、年配のコンボーイ達は、私達の怠業を、大目に見てくれるようなところがあった。そんな鷹揚な連中を、私達は親しみをこめて、仲間内では〝ロートル〟（満語で年寄り）と呼んでいた。どちらかと言えば、若者達の方が画一的で陰影に乏しく、温和なロートル達の方に、スラブらしい個性と、謙抑的な奥深さが感じられた。

草原は、次々と刈られていき、フォークで四、五メートルの高さに、卵型に積み上げられた干し草の小山が、草原一面に立ち並んでいった。

草刈り場を求めて、私達は、日増しに足を延ばして行った。

灌木の茂みの中では、小鳥がしきりに鳴いていた。時折、茂みから野鼠が跳び出したり、野兎が跳《は》ねて行ったが、そうした小動物も、私達には食欲の対象でしかなかった。頭上を山鳥が飛んで行くと、

「鉄砲があったらなあ！」

などと、望み得ないことを言って、私達は慨嘆し合った。

草原のあるかなきかの道や、荷馬車の轍《わだち》の跡を、身に余る大鎌を担いで辿って行くと、思いがけないところに、柏《かしわ》や胡桃林《くるみばやし》に囲まれて、ぽつんと乾燥小屋や、百姓家があった。（人が住んでいたのか！）矢車菊の咲いている錆色《さびいろ》の沼の畔《ほとり》には、二十余りの巣箱を並べた蜂蜜小屋があった。巣箱を見ていると、母が行商の蜂蜜屋から買っていた日本蜂の濃い飴色の蜜を、まるで目の当たり見るように情感をもって思い出し、私はたまらず生唾を呑みこんだ。

蕁麻《いらくさ》が、緑白色の小さな花を着け始めると、短い夏は足早に去って行く。やがて、白樺が金色の衣をまとい始め、林の空を落葉が高く舞い散るようになると、野面の風が、日毎に冷たくなっていくのが心細かった。地形は、思っていたよりも変化に富み、ゆるやかに弧を描いて広がる丘には、燕麦や蕎麦の畑が縞模様を作って、幾筋も伸びていた。畑中には、穫入れを急ぐ人の姿も

見えた。鍬《くわ》や鋤《すき》を担いだ農夫や、草掻きや袋を担いだ農婦に出会うこともあった。私達は何か知らず親しみを覚え、

「ズラースチェ（今日は）」

と、声を掛け合った。

どこまで歩いて行っても、また際限もなく開けてくる草原のひだひだに、彼等は胡麻粒のように、ぽつんぽつんと根づいているのだ。コンボーイの話によると、この辺りはやはり流刑地で、農民と流刑囚が混り合い、助け合って暮らしているらしかった。

「あの腕の入れ墨《ずみ》を見てみろ！　流刑囚の印だ」

などと、したり顔に言う仲間もいた。

さらに足を延ばして行くと、小さな集落があった。集落の前では、昼休みになるとアコーディオンやバラライカを弾き、老若男女が色とりどりのルパーシカや、民族衣装を着てホロオード（輪舞）に興じていた。ゆったり踊っているかと思うと、急にめまぐるしい急テンポなものになる。踊りながら歌ったり広い空にこだまするような掛け声を、一斉に放つこともある。私達も腰の空缶から弁当の黒パンと、塩漬けの鰊《にしん》を出して食べながら、一緒に手拍子を打った。

長靴の若者達のコサック踊りで盛りあがると、私はすぐに、ゴーゴリの「タラス・ブリーベ」を思い出した。躍動する若者達に、浪漫的なコサックの物語を重ねながら、私は乞食のような風体

で眺めていた。

旋律を覚えた曲の一つに、次の訳詞で戦後の日本でもよく歌われた「カチューシャ」があった。

リンゴの花ほころび
川面に霞《かすみ》たち
君なき里にも
春は忍び寄りぬ

ホロオードが終わると、私達は拾い覚えたばかりの、僅かな単語の仕方話で、彼等と草原の暮らしなどについて語り合うこともあった。若者には、ドイツとの戦いで辛酸をなめた者が多かった。腕や足の貫通銃創の跡を、誇らしげに見せる者もいた。そして、この小さな集落もほんの先頃まで、若者のいない「君なき里」だったという。私達には冬が忍び寄っていた。

戸口や窓枠《まどわく》に、簡素な彫刻を施した丸木の家の前では、女達が縫い物をしたり、かぼちゃや、きゅうりや、トマトの小さな畑を、熱心に手入れしたりしていた。男達が薪を作ったり、荷馬車の修理をしたりして、甲斐甲斐《かいがい》しく働く姿も見えた。窪地をゆったりと小川が流れ、岸辺を、家鴨《あひる》の群れが騒がしく行き交っていた。それを老人と子供が、長い竿を持って、のんびりと番をしていた。日が西に傾く頃になると、草原をどこからともなく、娘達が夕日の中を牛や羊を追って帰って来る。そして一人が歌い出すと、あちこちから合唱の輪が広がっていく。そのハーモニーの美しさには、生れた時から歌っているような自然さがあった。

私達は、そうした集落の情景を、いつも羨望の目で飽くことなく眺めた。たとえ流刑囚が混じっていたにせよ、地味乏しい粗放農業だったにせよ、あるいは夏の間、物不足で子供達が裸足《はだし》だったにせよ、そこには、まぶしいような自由な生活が息づいていたからだ。そして、この時、久しく口にすることさえ忘れていた「平和」という言葉が、新しい意味を持ってよみがえってくるのを覚えた。

それは、家郷を偲ぶよすがともなった。私は一番先に、川に家鴨のいる故郷の町中の風景を思い出した。眼前のユーモラスな姿と声が平穏だった日々を彷彿《ほうふつ》させたからだろう。あるいは、大ぶりな卵で作るオムレツのせいだったのだろうか。それよりも、妻子のある人達こそ、どんなに辛い思いで眺めていたことかと、今は思う。

草刈りの帰途、暮れ急ぐ森の中で、顔見知りの猟師に出会うと、

「スパコイノーチ（おやすみ）」

と、挨拶を交わした。しんと静まった森の外れに、小さな廃屋があったが、その猟師の話によると、数年前ウスリーウオルク（狼）に襲われ、一家がみな喰い殺されたのだという。時折、小

屋の中で遠吠えを聞いていたので、狼のいることは分かっていたが、鬼気迫る話に慄然《りつぜん》とした。

夜中、便所に行ったとき、柵のすぐ外の闇の中に、野生のもの達のうごめく気配を感じ、私は慌てて逃げ帰った。私は、辺境の地に来たのだという思いを、いよいよ深くした。

とはいえ、初め無表情だと思い、文明の破片《かけら》もない、猖獗《しょうけつ》の地とも思ったこの草原には意外なほど様々な表情があり、心に刻されて忘れられない、人の世の出来事や、営みがあったのである。


秋も長《た》けてきたある朝、寒さに堪えきれず起き出してみると、ラーゲリの周りの裸になった泥柳の林が、キラキラと霧氷に輝いていた。暖国育ちの私は、思わず身を竦《すく》めた。私達は冷たい凍土の草の床で、毛布もなく、一晩中、横転を繰り返し、凍りつく寒さと闘った。

小屋が狭いので、形ばかりの浅い囲炉裏は寝る前に埋めてしまうのだが、そこだけよく土が乾き、余熱がほのかに残っていて暖かかった。私達はジャンケンで順番を決め、一晩に一度だけ、交替でその上で寝ることにした。順番の回ってくるのが、待ち遠しくてならなかった。その上で寝ている時だけ、横転せずに済み、寝入ることができたのである。それゆえ私達は、日射しの暖かい昼休みに、刈り取った草の中で、身を寄せ合ってまどろんだ。眼が醒《さ》めると虱《しらみ》を捕った。まず、服をばたばたはたいて虱を振り落とし、次に、縫い目に、びっしりと並んで竦んでいる奴に爪を当ててぶちぶちと潰すのだ。が、とても捕りきれはしなかった。次々と、まるで湧くように出てくるのだ。

この頃、あちこちのラーゲリで蔓延《まんえん》していた伝染病の発生を心配してか、一度だけ衛生班が来て、DDTを振りかけ、シャワーを浴びさせてくれたことがあった。トラックの大きなボイラーから、数メートルの管が一本延び、管の下部に開けられたたくさんの穴から、湯が落ちる仕掛けになっていた。

私達は吹き曝《さら》しの草原に、有無を言わせず素裸にされ、みな洟《はな》を啜《すす》って震え上がった。すると、見るからにたくましい、つやつやした若い女衛生兵達が、

「ヤポンスキー、マーリンケ（日本人、小さい）」

などと、いたずらっぽく笑いさざめきながら、並んでいる私達の干物のような体に、べたべた練り石けんをつけてくれる。若い私はやはり恥ずかしかった。慌てて両手で体をこすりながら、数メートルのシャワーの下を歩いて終《しま》いだった。私達は濡《ぬ》れそぼった体を、冷たい風に吹かれ、痩《や》せた体を「く」の字に曲げ、いっそう震え上がった。

私は、暖かく立ちこめる湯殿の湯気と、ほかほか沸き上ってくる五右衛門風呂がたまらなく恋しかった。兄弟達と、指鉄砲で湯を掛け合ったり、湯舟の中に沈んだりしてふざけ合った日々が恋しかった。ひょっとすると、斃《たお》れて帰れないかも知れない我が家は、いったい、どの方角なのだろうか……と、私は圧倒的な望郷の思いに打ち拉《ひし》がれて、地平線の方ばかり見やっていた。

十月半ば、いよいよ限界がきた。病者に凍死者が出始めたのだ。カマンジール（コンボーイの大将株）がこんなふうに言った。

「ヤポンスキー、タワーリシチ（日本人の同志たちよ）！　ここは、草葺き住まいで大変だったなあ。今度は食べ物のたくさんある、明るい、暖かい町へ、連れていってやる」

無論、これは逃亡防止の決まり文句で、「タワーリシチ（同志）」は、嘘をつく時の麗句に過ぎない。本当は、半洞窟家屋を造っての越冬と森林伐採のため、ウオロシロフ奥地の原始林の中へ、トラック移送されることになっていたのである。

明日は、いよいよ心待ちの、「食べ物のたくさんある、明るい、暖かい町」へ出発するという日、突然、野火が発生した。この時はコンボーイの方が懸命になって、木の枝で叩《たた》き回ったが、そんなものは何の足しにもならなかった。野火は、草原特有のつむじ風に煽《あお》られて、野面を鋭く走るように広がり、たちまち燎原《りょうげん》の火となって、次々と、立ち並ぶ乾草の小山に燃え移った。夜になると、その燠火《おきび》が巨大な提灯《ちょうちん》になって、草原一面に点《とも》り、月映えに火の粉を吹き上げながら、不思議な美しい光景を呈した。血眼になって狂奔《きょうほん》するコンボーイ達をよそに、私達は柵の中で、高見の見物を決めこみ、

「燃えろ！　燃えろ！　みんな燃えてしまえ！」

と、囃《はや》したてた。その幻想的な光景は、私達の溜飲を下げる見物《みもの》でもあったのだ。

けれども、移動のどさくさに紛れて、ヤポンスキーが放火したのではないか、との嫌疑がかかり、その夜、数人の者が取り調べられた。私も何人目かに、手荒に引っ張っていかれた。

初年兵として満州に送られ、ソ満国境の山中で塹壕掘りをさせられていた頃、仲間とこんな会話を交わしたことがある。

「もし、ソ連がやって来たら、お前どうする?」

「そうだなあ、一緒に朝鮮へ逃げようか?」

昭和二十年八月九日、ソ連軍侵攻。関東軍が恐れていた事態の勃発である。部隊は山を下り、橋梁を爆破し、倉庫に火をかけながら、夜を日に継いで後退した。ソ連軍を迎え撃つ牡丹江東方のエキカ山に登る時は、数日の強行軍で体力を使い果たし、武器以外の物はすべて捨てた。食糧も水筒も捨てた。

翌日、戦闘が始まった。飛行機、戦車、火砲を続々と繰り出してくる。ソ連軍の本格的な近代戦の前に、関東軍は手も足も出なかった。蛸壺から出ると、たちまち吹き飛ばされるような惨戦だった。

突撃寸前、後退命令が伝えられた時は、地獄に仏の思いがした。部隊は組織も秩序も失い、山頂を蜘蛛の子を散らすように敗走した。飛行機や戦車に追われながら、部隊は分散を繰り返し、

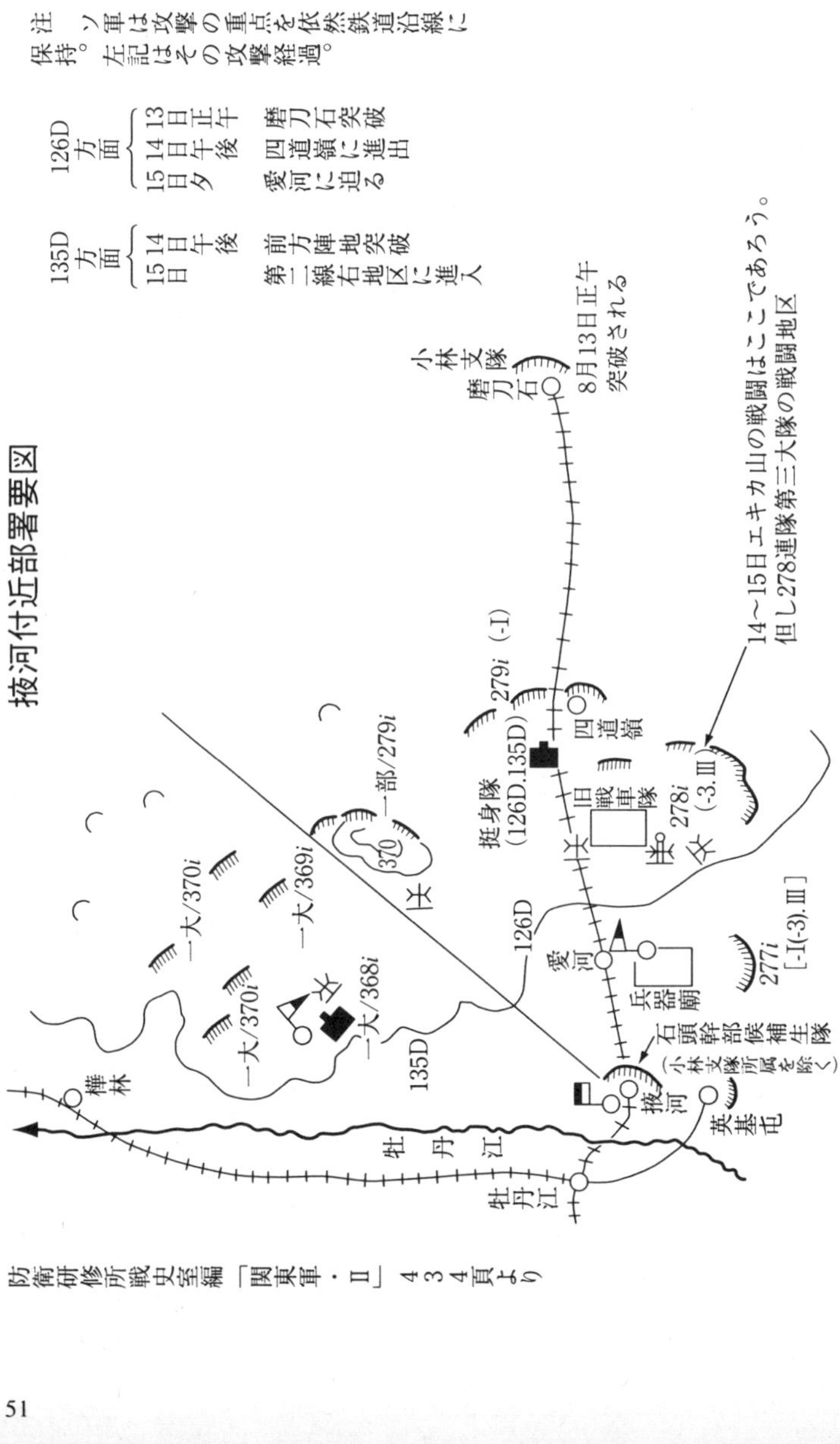
掖河付近部署要図
注 ソ軍は攻撃の重点を依然鉄道沿線に保持。左記はその攻撃経過。
126D方面
13日正午 磨刀石突破
14日午後 四道嶺に進出
15日夕 愛河に迫る
135D方面
14日午後 前方陣地突破
15日 第二線右地区に進入
小林支隊
磨刀石
8月13日正午突破される
14〜15日エキカ山の戦闘はここであろう。
但し278連隊第三大隊の戦闘地区
279i（-I）
四道嶺
挺身隊（126D.135D）
旧戦車隊
278i（-3.Ⅲ）
一部/279i
370
一大/369i
一大/370i
一大/370i
一大/368i
126D
135D
愛河
兵器廟
277i
[-I(-3).Ⅲ]
石頭幹部候補生隊（小林支隊所属を除く）
掖河
英基屯
樺林
牡丹江
牡丹江
防衛研修所戦史室編「関東軍・Ⅱ」434頁より

しだいに細分化していった。街道は一足先にソ連兵が進撃しており、日本兵は山や畑を縫って逃げる他なかった。敵に遭遇した不運な者達は、自動小銃の餌食になった。

敗走のさなかに、八月十五日の敗戦を知った。私は思わずうれしくなって飛び上がってしまった。多くの日本兵が、丸腰になって投降しているのを見届けると、私は共に一等兵で二十歳の仲間二人と、迷うことなく軍隊を離脱した。そして、山中の小さな朝鮮人の部落に行き、銃を代価に編笠、満服、朝鮮靴、鍋、食糧等を手に入れ、三人で朝鮮を目指した。が、七日余り生死の境を際どく辿った後、玉蜀黍《とうもろこし》畑に潜んでいるところを、三人のソ連軍巡視兵に捕縛されてしまった。両手を挙げて畑に正座させ、身体検査をし、自動小銃を突きつけて、私達を連行していった。牡丹江の支流に出ると、川原の土手に座らせ、私達に巻煙草を一本ずつ手渡し、自分達も火をつけた。巡視兵の中には、掠奪、暴行、殺戮を事としている者もおり、逃亡兵が射殺されたということも何度か聞いていた。私は川原に崩れていく自分の姿を想像し、眼がくらみそうだった。

私は機械的に煙草を吸いながら、全神経を彼等に集中した。やがて彼等は、屈託なく話し始め、笑い始めた。助かるかも知れない……と、私達は眼と眼で語り合った。同時に、よく意見の違いやささいなことで、いさかい合ったり、罵《のの》り合ったりしたことを後悔し、眼と眼でわび合った。

炎暑の中を再び連行され、牡丹江の市街へ入って行った。時折通行人や建物の窓から、罵言と物が投げつけられた。私達は背を丸め、小さくなって歩いて行った。そして、かって多くの満人が入れられたに違いない、警察署の豚箱にほうり込まれた。

翌日、数人の将校の前に立たされ、尋問を受けた。まだ処刑の懸念が残っていたので、口の中がからからに乾いて、答えながら食べるパンが喉を通っていかなかった。見たことがあるかと、戦場で私達の頭上に撒いたという、何種類かの投降勧告のビラを見せられたとき、私はようやく安心した。これから処刑する人間に、それは見せる必要のないものだと思ったからである。最後に一人の将校がこう締めくくった。

「投降勧告文にもあるように、罪はすべて日本の軍閥と財閥にある。君達兵士には罪はない。君達はすぐに、日本に送還してやるから安心するがいい」

少し出来過ぎていると思ったが、結果は危惧したとおりだった。

草原の野火を放火と疑われ、私も監視兵小屋に引き立てられる羽目になったのは、ひとつにはそんな経緯があったからであろう。

そこには、今まで見たことのないカピタンと東洋系の通訳がおり、ドスンと机の上に拳銃を置いて尋問された。けれども、結局、原因不明ということで決着し、みんな事なきを得た。いわれのない罪に問われて、さらに環境の劣悪な鉱山にでもぶちこまれていたら、一巻の終わりだったかも知れない。

もっとも、気心の知れたコンボーイの話によれば、この広い草原では、年中、どこかで野火が発生しているのだ、とのことだった。そして、

「お前達より俺達の方が問題なのだ。原因不明や、自然発生でけりがつくのは毎度のことだが、大量の乾草飼料を、灰にしてしまった責任は重大で、いずれ、自分達が処罰されるだろう」

と、そんな意味のことを言い、ひどく浮かぬ顔をしていた。

実際、こと労働や生産に関しては、この国は異常に厳しく、その後の森林伐採では、私達に斟《しん》酌《しゃく》して、ノルマの計量に手心を加えたために、左遷や降格に処せられた検査員やコンボーイが何人かいたのである。農業の担い手だった自営農民まで流刑に処した国だ。この草原の流刑囚にしても、人間らしく生きたがゆえに、流刑の憂き目をみた者も、少なくなかったに違いない。

ウオロシーロフ奥地への出発の朝が明けた。

昨日の喧噪《けんそう》が嘘のように、草原の朝は静かだった。昨夜は、野次馬根性丸出しで、燃えさかる野火を囃したてはしたものの、すっかりのっぺら坊に帰してしまった風景は、やはりさびしかった。

美しい絵のように並んでいた乾草の小山！　たとえ、飢えの中の強制労働だったにせよ、それは、私達の汗の所産だったのだ。あちらこちらで野火の名残りの煙が立ち昇り、風に吹かれていた。私達は泥柳の林に行き、急ごしらえの担架を作ると、病者を乗せて担ぎ、草葺小屋のラーゲリを後にした。途中、親しくなった集落の人達が十人ほど駆けつけてきて、何事かつぶやきながら、私達を見送ってくれた。

「辛いだろうが、国に帰る日まで、体に気をつけてやってくれ」

そんな意味のつぶやきだったに違いない。厳しい風雪をたたみこんだような顔には、私達を気遣うやさしさがあった。私は、彼等の中の何人かが、流刑囚のような気がしてならなかった。

「ダスヴェダーニャ（さようなら）、ヤポンスキー」

私達は、小さく手を振って、それに応えた。私は生きて帰ることに、自信を失いかけていたが、この時、《石にかじりついても、生きとおさねば》と、思った。で、蹌踉《そうろう》と歩んで行く隊列に懸命に伍して行ったのである。けれども、しだいに担架が肩に食いこみ、湿原に踏み入ると、たちまち群生する谷地坊主《やちぼうず》に足をとられ、私は何度も倒れこみそうになった。

三度の越冬を余儀なくされる抑留生活は、まだ始まったばかりだった。

（三重県退職教職員互助会「戦後50年誌」）

## 3　ヴィンキの森の中で

草刈りの季節が終わり、昭和二十年十月、私達二百余名の捕虜は、他の草刈り隊と合流しながらウスリー草原を後にした。

幌付き軍用トラックを連ね、また何日も走り続けた。走っている時に尿意を辛抱できなくなった者は、そのままズボンの中にする他なかった。途中、疾走しているトラックの上から排尿していたコンボーイが、振り落とされて即死した。降りていって見ると、まだ少年のようなコンボーイだった。トラックはそんなことはお構いなしに、東シベリヤの悪路を飛ばして行った。

ある日、トラックは山の峰に私達を降ろすと、さっさと引き返してしまった。薄々気づき始めていたが、カマンジールが「食べ物のたくさんある、明るい、暖かい街」へ連れて行ってやると言ったのは、やはり嘘だったのだ。ウオロシーロフ北方のヴィンキ山中——道はそこでぷつりと途絶えており、私達は冷たい秋雨の中で焚火をした。相変わらずの手回しの悪さに、食糧の支給が遅れ、あまりの空腹に蝸牛《かたつむり》を焼いて食べた。しかし、五つ六つ食べると吐き気を催し、空腹を癒すことはできなかった。

「今時の蝸牛は毒を持っているのだ」

と言う者がいたが、真偽のほどは分からない。眼下には、秋雨にけぶる森が果てしなく広がり、故郷がいっそう遠ざかってしまったようで、私は言いようのない離隔感と、孤独感に胸が塞いだ。ヴィンキの森というと、この蝸牛にまつわる侘しい景情が、なぜか頭にこびりついている。

焚火の前で一夜を明かすと、ようやく食糧が届いた。私達は空腹を癒し、日の射し始めた東側の斜面を下って行った。しばらくいくと、急に目の前に空地が開けた。そこは季節のいい頃、ロスキーの伐採隊がテント村を造るところらしかった。住むに都合よく、すぐ下の谷には、幅三、四メートルの小川が流れていて、飲み水にも事欠かなかった。が、冬期は厚く凍結して、穴を穿《うが》つのがたいへんだった。

長く厳しい冬が目の前に迫っていた。私達は十二、三名ずつの班に分かれ、越冬用の家造りにとりかかった。後に私達を指導して山中官舎の建設に腕を振るった、日本人棟梁の指示に従った。

約五坪を一メートル半掘り下げ、さらに中央に通路を半メートル掘り下げ、その上に頑丈な丸太で屋根を組んだ。屋根には山芝を厚く切って敷き並べ、その上に更にこんもりと土を盛った。通路の真ん中に四角いペーチカを据《す》えた。出入り口はトンネル状に突き出し、莚《むしろ》の戸を二重につけた。固定式の小さな明かりとりの窓には、二重にガラスをはめた。

## 越冬用家屋　断面図

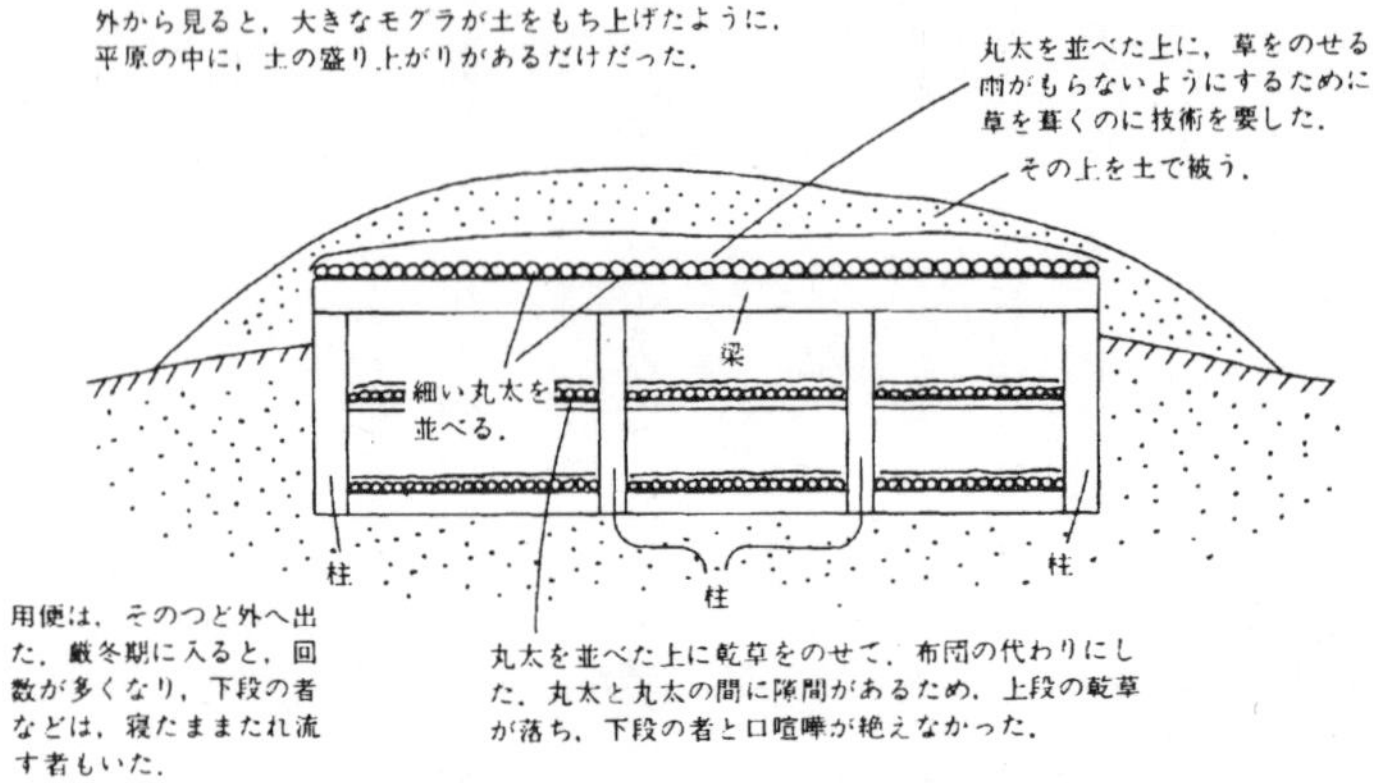
外から見ると，大きなモグラが土をもち上げたように，
平原の中に，土の盛り上がりがあるだけだった．
丸太を並べた上に，草をのせる．
雨がもらないようにするために，
草を葺くのに技術を要した．
その上を土で被う．
梁
細い丸太を
並べる．
柱
柱
柱
用便は，そのつど外へ出た．厳冬期に入ると，回数が多くなり，下段の者などは，寝たまままたれ流す者もいた．
丸太を並べた上に乾草をのせて，布団の代わりにした．丸太と丸太の間に隙間があるため，上段の乾草が落ち，下段の者と口喧嘩が絶えなかった．

「捕虜体験記II　沿海地方篇」
（ソ連における日本人捕虜の生活体験を記録する会・編　1984年刊、265頁より）

原始時代を思わせる半洞窟家屋だったが、零下二十度、三十度の厳寒に、この家はよく耐えた。が、凍土が乾くまではまるで冷蔵庫だった。雪と共に冬が襲ってきた。朝目覚めると、枕元の飲み水がすっかり氷になっていた。

ドイツとの命運を賭けた戦いで、ソビエトは疲弊していた。食糧の支給は極めて乏しく、抑留中の死者と病者は、この冬に集中した。私も栄養失調と肺炎で、危うく命を落とすところだった。けれどもこの半洞窟には、ウスリー草原の草葺小屋にはない団欒《だんらん》があった。それは、後の大きな蚕棚の舎屋にもないものだった。深々と土で覆われた小さな空間と、赤く焼けるペーチカと、もうもうと油煙を吐く松明とが織りなす、いくぶんおどろおどろしいものだったが。

頭から雪を浴び、マスクをばりばりに凍らせ、身も世もなく震えながら森から帰ると、私達は真っ先にペーチカをがんがん焚いた。人心地がつくと、めいめいの缶に分けたカーシャ（かゆ）は水増しして、ペーチカで沸かし直し、大汗をかきながらできるだけゆっくり啜った。楓《かえで》で作るスプーンはだんだん小さくなり、耳搔きのようなスプーンを作った者がいて、笑ってしまった。雑穀の饅頭《まんとう》（あんも具も入っていない）の時は、さいの目に刻み、長い爪楊子で突いて食べたり、焼いては皮をはぎ、焼いては皮をはぎして、一皮ごとに小さくなっていくのを、惜しみながら食べた。食物が貧しく、乏しければ乏しいほど、私達はよけいいとおしむように食べたのだ。

食後は旨い物話に興じた。想像は際限なくふくらみ、いつとも分からぬ復員の日の情景まで挿入して、家庭料理や郷土料理を自慢し合ったりした。それを毎晩繰り返すのだが、少しも飽きるということがなかった。けれども、話しているうちにもう腹が減り、腹の存在さえ恨めしくなり、私達はせんかたなく、莚の上で防寒外套をひき被って眠った。

ペーチカを焚き続けるために、私達は交替で不寝番についた。不寝番は意外に辛い仕事だった。なにがと言って、ひとり黙して気の紛らわしようもなく、空腹と向き合っているのが辛かったのだ。白樺の薪をくべるとジュッジュッと樹皮の燃え上がる音がして、吹きこぼれた牛乳が焦げつくような甘い香りがする。が、香りでは腹の足しにならない。天井も、壁も、床も土で覆われたペーチカの火の揺らめく中で、この土が黒砂糖だったら……とか、これが食べられる土だったら……とか、愚にもつかぬことを考えながら、焚口の前に座って、交替の時間の来るのをじっと待つより他なかった。眠っている間だけは、とにかく空腹から逃れることができたのだ。

冬の仕事は主に伐採だった。都市で暖房用に使われる薪らしかった。真冬の夜明け、営門の前に整列すると、頬がちぎり取られるような酷烈な寒気だった。足が凍らないように、ザックザックザックザックと絶えず足踏みしながら、ソルダート（兵士）に、

「アジン、ドワ、トリー、チテリー、ペアチ（一、二、三、四、五）……」

と、数えられ、作業班ごとにコンボーイに率いられて次々とラーゲリを出る。凍てついた林道をこごんで歩いて行くと、すぐに氷雪が、防寒靴の底に半円形に付着し、みんな操り人形のようなおぼつかない足取りになった。

二人一組で、タポール（ロシヤ風の斧）と、二人用の鋸《のこぎり》を持って雪山に入る。相方の今村さんは私より五つほど年上で、細い目がつり上がり、頬骨が出て、人のよい顔をしていた。がっしりとした体つきで力自慢だった。その今村さんが半洞窟の松明の下で、こんな述懐をしたことがある。

「俺は、島原の水呑み百姓の倅《せがれ》だ。家が貧しかったから、米の飯は盆と正月くらいで、年中、芋や雑穀ばかり食っていた。子供の頃から力仕事をしていたから、腹の減るのは困るが、この程度の仕事は、俺はさほど応えないのだ」

が、今村さんには、暗い陰は微塵もなかった。いつもおもしろいことを言い、細い目をいっそう細くして、ひとりで悦に入っていた。復員の兆《きざ》しの、まだまったくなかった希望のない日々の中で、そんな今村さんの明るさに、私はどれほど慰められたか知れない。

伐採のノルマは、二人で六リューべである。二メートルの長さに切った立ち木を、高さ一メートル余、長さ三メートル余の立方体の山に積むのだ。ロスキーの検査員が厳しくチェックし、腐れ木や隙間《すきま》があるとやり直しを命じられた。それは私には過重な労働だった。そのうえ、重い毛皮の防寒外套と深い雪がいっそう体力を奪った。ことに運搬は、非力な私は苦手だった。けれども今村さんは、いつも私を助けてくれた。まず今村さんが、末《うれ》に近い細い方を持ち上げ（太い方が持ち上げるのが普通で、理に適っているのだが）、私に肩を入れさせる。そうしておいて前に回り、

「えい！」

と、太い方を持ち上げ、担いでしまうのだ。

「お前は、力が弱いから」

と、今村さんは、そうするのが当たり前のように、いつもそうしてくれた。

しかし、伐採は力もさることながら、条件がものを言う。労力の多寡《たか》は、地形や林相の適不適に大きく左右されるのである。たとえば、斜面で樅の立ち枯れのある、立ち木の密生したところ

が最高なのだ。転がせば済むし、樅の立ち枯れは切るのもたやすく、堅木の三分の一の重さだからだ。だから山に入ると、みんな場所取りを競った。私も、栄養失調の重い足で走り回り、

「いいところ、見つけたよ！」

と、呼ばうのだが、欲のない今村さんは、あまり条件のよくないところにどっかり座って、

「ここでいい」

と、言うのである。

ある時、悪いとは思いつつも、焚火の前でついぶつぶつ言い、場所の選び方を賢《さか》しらに説くと、今村さんはかんかんに怒り出し、

「お前のような奴は、たたき殺してやる！」

と、タポール（芹）を振り上げた。私は泡を食って雪の中を逃げ回った。が、すぐに二人ともへたばって、焚火の前にもどった。今村さんは肩で息をしながら、焚火の中のたぎる湯に、松の葉をむしり取って入れ、

「飲めや」

と、ばつ悪そうに勧めた。私は脂臭《やにくさ》い松葉湯を神妙に啜った。


森からの帰途、雪の中に倒れて死んでいる馬を発見したことがある。そのときはコンボーイが

いて手が出せなかったが、その晩、今村さんは止めるのも聞かず、腰にタポールを差し、二重の柵を抜けて馬肉を取りに行った。見つかれば、即座に望楼の銃口が火を噴くのだから、命掛けの荒業だった。

——やがて、雪まみれになって帰ってくると、緊迫した面持ちだったが、

「みんなで食べよう」

と、目を見張るような凍った肉塊を、どさっと私達の前に置いたのである。今村さんの話によると、他の班の者も何人か一緒だったという。それにしても、ふだんどこか芒洋としたところのある今村さんが、内にこんな豪胆さを秘めていたのかと、私は驚いた。けれどもそれは、いつも後から、「えい！」と太い方を担いでしまう男っぽさと、軌を一にしたものだったのだろう。

その夜、私達の半洞窟はひそかに、時ならぬ焼き肉の饗宴になった。さすがに骨は噛み砕けなかったが、脂身はもとより、スポンジのような肺臓や、こりこりした胃袋や、皮や、筋や、軟骨や、骨の髄《ずい》までむさぼり、しゃぶり尽くしたのだ。後にも先にも、いや、内地に帰ってからも、私はこれほど、豪気豪勢な御馳走にあずかった例《ためし》はない。

木々が重い雪を振り落とし、仮死したように沈黙していた森が、夜毎、ごうっとざわめき始めると、ようやく待ちに待った春がやってくる。それは、莚の上に寝て聞いていても、心のときめ

いてくる、大自然の胎動であった。日増しに寒さがなごみ、太陽の所在も定かでなかった灰色の空が、清《すが》やかな淡青色に変わると、はだれ雪の残る森の大気は透明になる。そして、私達も蘇生する。重く、暗く、辛く、堪えがたく私を呪縛《じゅばく》していたものが、すうっと体から落ちていく感じなのだ。

するとと、足取りが、妙に弾んでリズミカルになり、枝打ちでタポールを振るときの掛け声や、鋸を引く手、押す手まで調子づいてくる。自分でも不思議なほどだった。芯まで凍っていた木々（氷を割るように、たやすく割れたりした）も溶け、ポンプのように地下水を汲み上げ始めると、私達は樹液を採取した。作業にかかる前に楓の幹にV字の傷を入れ、傷の接点に草を添えて、空缶を下げておくのだ。樹液は草を伝ってポタポタと滴り落ち、一息入れる頃にはいっぱいになっている。冷たくて、薄甘くて、まさしく天然の甘露水だった。

やがて若草が萌え出すと、今村さんは次々と若草を食べ始めた。漬物、煮物、おひたし、スープの具と、調理も多彩だった。私も今村さんにならって一緒に採取した。

「これは野蒜《のびる》だ。韮《にら》と同じで精がつくぞ」

これが野蒜なのか……何やら神通力のありそうなことは、古事記で知っていたのだが、私は実物を知らなかったのである。

「まるで山羊だね」

二人で森を這いまわりながら、小さな白い球根のついた野蒜を、せっせと摘んで食べたときのことが思い出される。作業が済むと、またたっぷり摘んで、私達はいつも夕食用に持ち帰った。太古から好まれたであろう野蒜は、今にして思うと、ビタミンやミネラルを多量に含んだ強壮薬であり、食用野草のチャンピオンだったのだ。ふんだんに食べた若草のお蔭で私は見違えるほど元気になり、体力を回復した。春から夏にかけて、今村さんの吐く息は辟易《へきえき》するほど大韮臭《にんにく》く、私の糞便は草のように青かった。

今村さんはまた、意外なほど器用な人だった。器材倉庫付近から鉄片や、針金を拾ってきて、巧みに針や剃刀《かみそり》を作った。針の穴はどうやって開けたのか、私は今もって分からない。

私の飯盒《はんごう》（アルミの純度の高い、旧型の小振りのもの）に穴が開くと、底を切り取り、代わりに蓋《ふた》を底にし、こつこつたたいて、円形の深鍋にしてしまったのには驚いた。誰が見ても飯盒だったとは気づかない。その見事に修理された深鍋は、五十年を経て、今でも私の家の台所で菜箸や杓文字立てとして使われている。抑留生活と今村さんの、今に残る唯一の形身でもある。

私が本で得た知識は何の役にも立たなかったが、野人のような今村さんが、生活の中で身につけた知恵や、実学や、行動力は、困苦の中で素晴らしい力を発揮したのだ。ことに脆弱《ぜいじゃく》だった私は、今村さんのたくましい体力によって生かされ、やさしさによって救われた、と言っても過言ではない。

先年、私は島原を旅した。小さな教会のある村々には、どこか昔の農村の長閑《のどか》さが残っていた。今村さんを訪ねるすべはなかったが、お元気に暮らしておられるだろうか……。

(三重県戦後50年体験文集発行委員会「三重県戦後50年体験文集・21世紀への伝言」)

## 4　シベリヤの病舎

最初の越冬は、ウオロシーロフ北方のヴィンキ山の中でした。半分土に埋まった半洞窟家屋が、山の斜面に三十ほど並んでいました。斜面のいちばん上に、やはり半洞窟の診断所と病舎があり、いつもまだ夜の明けないうちに診療開始の鐘が鳴ります。そこには日本人の医師の他に、時折ソ連の女軍医が顔をみせていました。ソ連側の作った受診資格は厳しいもので、発熱が三十八度以上、下痢は血便というのが条件でした。でなければ、たいてい伐採や軽作業に追いやられたのです。時には働けなくなった病人を山に連れていき、焚火の横に寝かせておいて、その者のノルマを、何人かで肩替りしたこともありました。

私はだんだん栄養失調がひどくなって、体力を喪失し、伐採から水運搬の軽作業に回りました。ラーゲリを出て二百メートルくらい山を下ったところに、幅三、四メートルほどの谷川がありました。そこで、厚い氷を穿って二つの樽に水を汲み、天秤棒で担いで、何度か炊事場に運ぶのです。が、足が思うように動かず、私は坂道を登るのに難渋しました。やむなく樽の水をだんだん少なくしましたが、それでも夕方には力を使い果たしました。仕事を終えて半洞窟に帰り、通路から僅か半メートルの高さの寝床に上がるのが、容易でなくなってきたのです。

ある朝、雪で顔をこすり、松明の煤けを落としてから、私は暗い凍ったラーゲリの斜面をそろそろと上って、診療所に行きました。日本人軍医の診断の結果、私は衰弱がひどいという理由で、すぐ入室することになりました。背をかがめ、一メートルほどの高さの長方形に突き出した入口の、二重になった筵《むしろ》の戸を開けると、腐敗した血便の異様な臭気に襲われました。慌てて戸を閉めたほど、強烈な悪臭だったのです。

節だらけの細い雑木の枝を組んで作ったベッドには、二十人ほどが寝ていました。有難いことに人間の嗅覚は、しばらくすると麻痺して何も臭わなくなります。けれども、小用で清浄そのものの外気の中に出る度に、また息をつめて、充満した悪臭の中に入らなければなりませんでした。とはいえ、この日から、私は極寒の中の苛酷な労働を免れ、暖かい病舎のベッドの上で三度食べ、病人だけに与えられる毛布にくるまって、獏のように夢をむさぼる身になったのです。まるで地獄から極楽に来たような思いがしました。

が、驚いたことに、病人が次々と目の前で死んでいくのです。隣りの人がこう言いました。

「血便が止まらなくなると、もう駄目なんです」

私の向い側に、体が骸骨のように痩せ、膝から下だけ肥大した者がいました。

「これが栄養失調の末期症状のひとつだ。こうなるともう助からない」
衛生兵が言ったとおり、その男は二、三日すると死にました。死に際に砂糖湯が与えられましたが、もう飲む力はありませんでした。死期が迫ると体温が下がるからでしょうか、虱《しらみ》がそれと察して、いち早く移動し始めます。私達はそれを大名行列と呼んでいました。そして、大名行列は、確実な死の宣告でもあったのです。

死者は次の日、私のようにまだ力の残っている者が、衛生兵を手伝って外に運び出し、雪に覆われた病舎の屋根に、次々と寄りかからせました。不運な死者達はすぐに固く青黒く凍り、ある者は目を閉じ、ある者は目を見開いたまま、暗い雪空の下で、泥人形のように足を投げ出して並んで座っていました。

ちらつく雪の中の、その痛ましい姿を見る度に、私は、生きて帰りたいと思いました。もっともっと人生を生きたいという、切なる思いでいっぱいになりました。そのとき私は二十歳でした。

（全日本年金者組合中央本部第69号）

## 5　復員

　昭和二十三年五月、沿海地方のスイソエフカの奥地で、森林伐採に従事してはいたものの、私達二十数名の者は、虚弱者という理由で、一足先に帰国することになった。

　それは何の予告もない寝耳に水の通達だった。が、ほとんど身一つの私達には、準備はいらなかった。私達はそそくさと身支度すると、一足先に帰ることに、ちょっと後ろめたいものを感じたが、翌朝、まだ暗いうちに起き出し、カマンジールに率いられ、星空の下をナホトカに向って出発した。

　山道を登りつめて峠に出ると、暫時休息し朝食をとった。たいていは塩漬けの鰊《にしん》だったが、この日の大ぶりの塩鮭の切り身と黒パンは、私達への炊事の心づくしだった。私達は、塩漬けの鰊の苦味のある生々しい腸《わた》も、焼かずにそのままなめてしまうのが当たり前になっており、それはそれで旨かった。けれども、この朝の鮭の、冷たく舌にほぐれて溶けていく柔らかな甘さは、また格別だった。私達は思いがけない幸運を噛みしめるように、みんな黙って黒パンを頬張った。何度語り合い、夢に見たか知れない帰国が急に現実のものになった。そのこと自体が夢の中の出来事のようで、そのうれしさは、言葉にするにはあまりに深く、大き過ぎたのだ。

ようやく曙光に明るみ初めた樹海がどこまでも広がり、眼下には、あらゆるものから隔絶されたラーゲリが、森のあわいに小さく見えた。その光景は五十年経った今でも、およそは思い出すことができる。

――樅の丸太を組み上げた細長い三段式の蚕棚の舎屋。風雨に反り返った剥《へ》ぎ板の屋根。器材倉庫。二筋の煙が立ち昇っていた炊事小屋。怪我で入室した陰鬱な病舎。診療所。凍傷にかかったとき、労働忌避のための故意の所業だと、危なく入れられるところだった営倉。そしてそれらを二重に取り巻く、高さ三メートルの有刺鉄線の柵。柵の外にはコンボーイの宿舎。冬には頭からくるぶしまで、すっぽり被うチューイカ（大外套）を着た衛兵が、鉛色の空を背に、塑像《そぞう》のように立っていた望楼――

仮小屋に寝起きして、みんな私達が営々と造ったものだ。我と我が身を閉じこめる柵や、営倉を造るときは、捕虜の身の理不尽が口惜しかった。鉄片をたたく音で、暗いうちに起き出し、かろうじてノルマを果たし、薪を負って薄暮の中を帰り、松明の明りの下で、豚の頭や、ラクダの肉が少し入ったカーシャをすすり、蚕棚の上で泥のように眠った日々……。

しかしもう、あの柵の中に帰ることはない。多くの困難に耐えて命を全うしたよろこびが、腹の底から、ふつふつとこみあげてき、それが体の隅々まで広がっていくのを、私は朝の光の中で感じていた。残留している多くの仲間達と、寂び返った風景に別れを告げると、私達は急ぎ足に峠を下って行った。下りきったところに、樅の立枯れが林立する墓場のような森があった。立枯れは白々と風雪にさらされ、ねじれた枝を苦闘する姿に広げ、なんだかそれは、非業の死を遂げた仲間達の墓標のように思われた。私は不運な死者達の冥福を念じた。おびただしい倒木を乗り越え、かいくぐって立枯れの森を出た後、明るく芽吹いた楓や、白樺や、リーパーの林を次々と通り抜けて行った。雪解けの水があふれて、踊るように流れている丸木橋の小川を、幾筋も渡って行った。いつもなら、自動小銃を肩に足早に行くカマンジールに、

「ビストラ、ビストラ（急げ、急げ）」

と、うながされるのだが、この日は誰一人遅れる者はいなかった。腰には、いつものように空缶を下げていたが、みんないつにない弾むような足どりだったのだ。私は、宙を行く心持ちだった。

十九歳で召集されてから三年八ケ月、悪夢のような軍隊生活と、恐怖の戦場と、酷寒と飢餓の強制労働を、私はようやく潜りぬけたのである。私は二十三歳になっていた。

こうして無事復員はしたのだが、私はひどく痩せ衰え、そのうえ復員船の中で発熱し、生家に

辿り着くと、そのまま倒れこむように寝ついてしまった。半月ほどして病が癒《い》えると、山羊の乳で体を養った。戦後の、まだ牛乳もない貧しい時代だったのだ。けれども、家族の慈愛と、長いあいだ、渇望して止まなかった平和な日々の安らぎの中で、私の心身はみるみる旧に復し、夏には誰が見ても、同一人物とは思えないほど柔和に太った。兄や弟から獣のようだと評された眼も、いつしかすっかりなごんでいた。

今ではいずれも開発されて跡形もないが、松原と砂浜の美しい国市の浜へ汐浴びに行くのと、裾に大きな沼の広がる里山へ、籠を負って山羊と兎にやる草を刈りに行くのが、私の日課だった。九月、里山に秋蝉達の鳴く頃、私は初めて、自分も人並みに勉強してみようという気持ちになり、復学することにした。食に飢えたように、知識や活字にも飢えていたのだ。得るところなどない捕虜生活だと思ったが、はからずも、そんな功徳があったのである。

いや、功徳と言えばそれより、命を削る日々と引き換えだったが、シベリヤの大自然に素肌で触れたことかも知れない。息を潜めていた命が一斉に目覚める春、緑に輝く一瞬の夏は無論のこと、尖ったガラスが突き刺さってくるような酷寒の苦役の最中《さなか》でさえ、深いざらめ雪の森の美しさに魅入られてしまうこともあるのである。そういうことがあったから、あの長い失意の中で、命の灯を点し続けることができたのだと私は思う。

それはともかく、復学してまだ間もない頃、私はいつものように、法政大学の学部のある飯田橋から国電に乗った。東横線乗り換えの渋谷が近づくと、しきりに、スイソエフカ奥地の、仲間達のことが偲ばれた。

「ダバイ　ラボーテ（さっさとやれ）」

コンボーイの叱声の中で、今も懸命にノルマと闘っているのだろうか。

「ザクリ　ダイ（茎煙草を下さい）」

「ニエット（駄目だ）」

にべもなく拒否されて、あの香りの強い兵士用のマホルカにありつけないでいるのだろうか。昼時には、探し当てた茸でスープを作って、舌鼓をうっているのだろうか。仕事の終わった後は、霜に熟んだ山葡萄を探し回っているのだろうか。この頃になると、コバルトブルーだった実が黒ずんでとろけそうになり、一房ずつ頬ばって、種も皮も一緒に流しこんでしまうのだ。食べ過ぎて私のように動けなくなり、甘酸っぱいげっぷをしている者もいるかも知れない。コンボーイ達も山葡萄酒造りに熱中する「ザラターヤ・オーセニ（黄金の秋）」の、あざやかな風景が思い浮かんだとき、電車のドアが開き、

「あっ！」

と、私は驚いた。不思議なことに、まことに不思議なことに、私が思い浮かべていた仲間達の中の三人が、目の前に立っているではないか。

「俺達、今帰ったんだ！」

聞かずとも、それは分かった。いずれも、舞鶴で支給される復員服を着、あのときの私と同じように、ポケットのない特製のリュックサックを背負っていたのだ。私達は肩をたたき合い、抱き合い、あわただしい乗客の乗り降りの間に、再会を約した。

何日かの後、黒々とした盛り土の畑が連なり、武蔵野の面影の残る練馬の在に、私は野路を縫って、彼等を訪ねて行った。黄葉した楢《なら》や櫟《くぬぎ》の林を抜け、なだらかな丘を越えたところに彼等の村があった。

その日は秋日和だった。祭の太鼓の音がしていた。再会は祭への招待でもあったのだ。共に助け合い、励まし合って苦難を乗り越えてきた同郷の彼等は、復員の道すがら、目の前に迫っている秋祭のことも、話題にしたに違いない。それでとっさに、再会が祭の日になったのだ。そう思うと、私は太鼓の音に、何かおぼぬくといものを感じた。

茅葺の大きな百姓家だった。祭の御馳走を前にして囲炉裏を囲み、私達は生還を祝して何度も乾杯した。談笑は夕方まで続いたが、終始、明るい解放のよろこびにあふれていた。初めて二頭立て荷馬車の御者をした時の失敗談に花が咲いた。

山中で放牧していた裸馬に乗り、一頭ずつ曳き馬をし、数十頭の列をなして何日か旅をした。薪搬出に使う荷馬車受領に出掛けたのだ。キャンプしながらの夏山の旅は快かった。夕日の高原を、馬にまかせて行くのは、捕虜の身を忘れてしまうほど牧歌的なものだった。キャンプの設営が終わると、コンボーイ達はひとところに集まり、いつも見事なハーモニーで合唱する。それは小気味よいリズムだったり、朗々と響く旋律だったり、故郷へのノスタルギーヤを思わせるつぶやきだったり、私達を叱りとばす同じ人間とは思えない優雅さだった。

しかし、最寄りの駅に着き、荷馬車に馬を繋ぐ段になって大混乱になった。放牧馬は手強いが、それでも先ずコンボーイが繋索法《けいさく》を実演して見せ、私達に学習させてから、

「ダバイ　ラボーテ（さあ、やれ）」

と順を踏めば、それほど問題はなかったのだ。が、厄介なことに、彼等は自分達にできることは、ヤポンスキーもできるものと、端《はな》から決めこんでいるのである。ことに馬車は、彼等が子供の時から慣れ親しんでいる日常用具だ。

「ヤポンスキー、ニポニマユ、ニポニマユ（日本人、分からない、分からない）」

と、いくら首をかしげて見せても、横に振って見せても聞く耳を貸さない。例によっていらだち喚《わめ》きたてていたが、しびれを切らし、

「ターク……ターク……ターク……ポニマイ（こうして……こうして……こうして……分かるか）？」

と、汗だくになって、コンボーイ総がかりで全部やってくれた。それでも次が分からず突っ立っていると、今度は力づくで私達を御者台にほうり上げ、

「ダバイ！」

と叫んで、次々と馬に鞭をくれた。否も応もない。おぼつかない限りの手綱捌《さば》きだった。走り出してから操ってみるのだ。が、だんだん手綱捌きにも慣れてくると、その気になり、

「チッ　チッ」

と、ロスキー風に、鳴らぬ舌を無理に鳴らし、ガタガタガタガタ林道を進んで行った。

ところが、この荷馬車は構造が原始的で、ブレーキがなく、下り坂の手前で手綱を引き締め、馬自身にブレーキの役割りをさせながら、そろそろと下らなければならない。が、そんな事情など知る由もない私達は、次から次と、砂塵を上げて暴走してしまい、坂の途中で曲がり切れずに、折り重なって自爆してしまった。ほうり出された私達は、幸い軽傷で済んだのだが、粗雑な出来の荷馬車の方は、大半が損壊してしまったのだった。

「ヨッポイマーチ、ヨーバネブローホー！」

困惑しきったコンボーイ達は、最大級の罵声を浴びせ続け、私達はなすすべもなかった。それも今では笑いの種だった（無論、思い出がみんな罪のない笑いの種になるわけではない。人には言えぬ苦い思い出も数々あった。そして、切なくなるほど腹を減らしてばかりいた）。

シベリヤの日々を回想しながら、私は久しぶりに、歯応えのある赤飯を腹いっぱい食べたのである。

夢のような復員と、奇跡のような再会に、稔《みの》りの秋祭まで重なって、酔いのまわった私達は、おのずとはなやぎ、遅くまでシベリヤ話にうち興じた。

お暇《いとま》する時がきた。三人は野道に出る丘の上まで私を見送ってくれた。体力の貧しい私を、作業の行き帰りなどに気遣ってくれた、一番年長のこの家の主が、別れ際に、いくばくかの食糧と赤飯の包みを私に手渡しながら、

「しっかり勉強しろよ」

そう言って励ましてくれた。それは辛酸を共にした人の、しみじみとした声音《こわね》だった。やさしい眼差しの人だったが、つい戦後の慌ただしさにかまけ、その後は絶えて会うことがなかった。けれども、三人の仲間の顔は今でもよく覚えており、ずしりと重たかった紙包みの感触と共に、ふっと思い出すことがある。

（全日本年金者組合三重県本部「戦中戦後を生きて」）

## 6　凍傷の話

昭和二十三年の冬のある日、スイソエフカの収容所では、三百余名全員で、三十足ほどの防寒靴の抽選が行われました。そして、幸運にも私はそれを引き当てたのです。関東軍用の、中が毛皮の靴です。古い靴は仲間に譲り、新品のその暖かい靴を蚕棚の上で足に履き、手に履き、私は何度ためつすがめつ眺めたことだったでしょうか。

裏が毛皮で、表が地の厚い防水布の重い防寒外套を着て、深い雪の中で伐採作業をするのは容易ではありません。倒れてくる木の下敷きにならないよう注意しながら、足を抜き差しして動きまわるのは、他の季節の何倍も体力を消耗するのです。その上に絶え間ない凍傷との闘いでした。二人用の鋸《のこぎり》を挽《ひ》きながら、互いに鼻や頬の凍るのを注意し合い、青白く変色すると、元に戻るまで大手袋で擦るので私達の鼻の先は冬中皮がむけて黒ずんでいました。手先が凍って感覚がなくなると、大手袋をはずして軍手だけになり、股ではさんで擦るか、てっとり早く、素手になって下腹部に突っ込んで暖めるのです。けれども、足指はもどかしいのですが、窮屈な靴の中で、凍らないよう動かし続けるほかないのです。鋸を挽きながら指を動かすのは、神経が苛立ってくるような努力を要するので、冬の一日は、それだけでもひどく長く感じるのです。それで防寒靴を引き当てた私は明日からの作業を思うと、言いようのない幸福感を覚え、その宝物を蚕棚の足元に掛けて寝ました。

翌朝、靴は盗まれてありませんでした。嬉しさのあまり、「人を見たら泥棒と思え」という酷薄だが現実的な教訓を、私はうかつにも忘れてしまっていたのです。後の祭りでした。仕方なく倉庫でぼろ靴を拾ってきましたが、小さくて足巻きが巻けませんでした。酷寒のシベリヤでは、靴下よりも、大きな布で包むように巻く方が暖かいのです。私は無防備で伐採に行き、その日一日で凍傷になってしまいました。三度の長い冬を、懸命に指を動かし続けてきた努力を、私は自分の不注意で無にしてしまったのです。十本の足指の先に穴が開き、そこから膿が流れ出ました。十日ほど入室し、春になってようやく外傷は治癒しましたが、毛細血管の機能はもう元には戻りませんでした。

私はその年の五月に復員しました。若い時は無謀です。復学した私は、いつも足を凍らせて、寒い東京の街をほっつき歩いていたので、いつのまにか、患部が足指から足の裏へ広がってしまいました。私は中学校の国語教師になりました。昭和十九年、輸送船で玄界灘を渡っていった時は暗澹とした気持ちでしたが、昭和二十七年、伊豆の新島中学へ赴任していった時は、希望に胸のふくらむような船旅でした。私はずっと教師の道を歩きました。

冬の勤務に支障をきたすので、毛細血管を開く薬の服用も試みましたが、顔が火照るだけで、足の方にはなんの効果もありませんでした。人目もはばからず、職員室のストーブで、湿った靴下（なぜか冬だけ湿るのです）と、足を焙るのが、私の専門でした。いや、ほんとうはずいぶん気がひけたのです。知らない人は、

「なんと行儀の悪い教師だろう」

と、思うに違いないからです。時々、

「トウガラシを靴下や靴の中に入れるといいですよ」

などと教えてくれる人がいましたが、あれは俗説で、少なくとも凍傷には何の効果もありません。トウガラシそのものは熱を発しないからです。白金懐炉を二つ三つ箱の中に立てる暖房具を自分で作ってみましたが駄目でした。白金懐炉は暖かい腹に入れるから火が消えないのです。ひどく凍った時は、バケツの湯に足を入れて元に戻さねばなりませんでした。

電気スリッパが市販されると、私は早速二つ三つ購入し、コードを引きずって授業をしました。さすがに文明の利器です。これで冬の授業もずいぶん楽になりました。が、授業に夢中になると、コードが抜けてしまうのには困りました。戸外指導や出張には、重いけれど、湯たんぽや豆炭あんか火を毛布でくるみ鞄やリュックサックに入れて担いで行きました。衆人環視の中で、リュック

や鞄に足を入れるのには抵抗を感じましたが。

私は教師という仕事は好きでしたし、一所懸命勉強もしましたが、凍傷という厄介な道連れがなければ、それはもっと楽しい、実のあるものになったに違いありません。今さらながら自分のうかつさが悔やまれます。けれども、凍土に骨を埋めなければならなかった人々のことを考えると、私はまだ運がよかったのです。

昭和五十七年、幸い外科的治療に至らず、私は無事退職しました。以来、もう無理をして足を凍らすこともありません。冬は蟄居して、また旅などできる暖かい季節の到来を待つのです。

（三重県年金者組合牟婁支部No.57）

# 年譜（昭和十九年九月〜昭和二十三年五月）

昭和十九年九月　法政大学在学中、現役召集により大阪の第二二連隊に入隊。

昭和十九年十月　満州平陽第八〇三部隊（第二五師団所属であろう）に転属。

昭和二十年三月　第二五師団の九州への移動に際し、入院中のため残留。

昭和二十年三月　平陽で新編成された第一二六師団（掖河に軍司令部をおく第五軍麾下）の第二七八連隊第二大隊に配属されたと思われる。九州に移動した第二五師団の残留者は、新編の第一二六師団に編入されたと記録されている。

昭和二十年八月　掖河の東方にあるエキカ（掖河であろう）山にて、九日、ソ連軍と戦闘と兄が書き残しているが、記憶ちがいであろう。九日には、第一二六師団の前方守備部隊である第二七八連隊第二大隊が対戦し、十日には、平陽付近で壊滅し、隊員八五〇名中後退し得たものは約二〇〇名であったという。エキカ山への正確な退路は不明であるが、第二七八連隊の残存主力（第三大隊）は、掖河東方の高地で八月十四日に戦闘している。したがって兄は、平陽近辺で九日に対戦、再び、十四日に残存主力と合流して掖河東方の高地にて対戦したものと推定される。（51頁の掖河付近部署要図を参照）

昭和二十年九月　捕虜としてウスリー草原（沿海地方）に移送される。第一次集結地はウオロシーロフ地区と推定される。兄は八月と書いてあるが、九月の記憶ちがいであろう。

昭和二十年（月不詳）ウオロシーロフ地区から奥地へ移動（セミョーノフカ西方のヴィンキの収容所へ）（3頁のセミョーノフカ地区図を参照）

昭和（年月不詳）セミョーノフカ北方のスイソエフカの収容所へ移動。なおヴィンキおよび、スイソエフカの収容所の所在地は、まだ推定の域を出ない。

昭和二十三年五月　スイソエフカの収容所から帰国の途へ。

年譜及び地図の作成に当たって江口十四一さんのご指導を受けた。参考文献として、ソ連における日本人捕虜の生活体験を記録する会編「捕虜体験記Ⅱ・沿海地方編」（一九八四年刊）および防衛庁防衛研修所戦史室編「関東軍・Ⅱ」（朝雲新聞社、一九七四年刊）を参照した。

# 「戦時・抑留体験記」のためのあとがき

旧ソ連資料によれば、「捕虜」の名で不法にシベリヤに抑留され、苦役を課せられた日本人は、一部民間人を含め、約六一万名である。グラスノスチ以後のロシヤ資料によれば、抑留者は約五五万名とされている。厚生省資料では、抑留者は約五七万名、そのうち約一〇万名がシベリヤで死亡している。

私の次兄準治は、この六〇万名ほどの抑留者の一人であった。昭和十九年九月、学生生活を中断され、大阪の第二二連隊に入隊、十月、関東軍麾下の平陽八〇三部隊に編入された、最下級の兵士であった。

昨年四月に死去するまで、ほぼ半世紀にわたって、心身ともにシベリヤ抑留後遺症を引きずって生きて来た。しかし自らのシベリヤ抑留体験や抑留問題については、数編の随筆を除き、特にまとまった作品を発表していない。

死後、数多くの、様々なテーマにわたる新聞投稿ともに、シベリヤ抑留の随筆を含む随筆集に自ら手を加え編集した綴じ込みが残されていた。兄には、いずれ刊行したいという意志があったようで、この随筆集の草案には未完成な自筆の「前書き」や「目次」がつけられている。

本書の「第一部　戦時・抑留体験記」についてみれば、晩年にいたって筆を執った随筆であるためか、あるいは晩年の兄の性格によるためか、シベリヤ抑留の辛苦は、この半世紀の間に、一編のシベリヤ風景画となって彼の心の中で昇華されている。むき出しの恨み辛み、あるいは触れたくない、触れられたくない思い出は、溶靄《ようあい》の中に封じられてしまったように見受けられる。

晩年になって、筆を急がせた理由は、おそらく癌との対決を繰り返す十五年余りの生活の中で、何かを言い残しておきたかったからであろうか。あるいは、よく引用されるジャン・タルジューの詩に通じるものがあったかも知れない。

「死んだ人は還ってこない以上、
生き残った人々は、何が判ればいい？
死んだ人々には慨《なげ》くすべ術もない以上、
生き残った人々は、誰のこと、何を慨《なげ》いたらいい？
死んだ人々は、もはや黙っていられぬ以上
生き残った人々は沈黙を守るべきなのか？」

（岩波文庫「きけ　わだつみのこえ」の渡辺一夫の序文より引用）

「戦時・抑留体験記」で触れられていないが、これに関連して、私の記憶に鮮明に残っている兄との対話がある。昭和二十三年当時、第八高等学校三年生で、学生自治会運動に参加していた私に、シベリヤから生還してきたばかりの兄が言った——「社会主義には、前向きの是とするところが多い。しかし、シベリヤで見聞したソ連社会主義の暗い一面を忘れられない。それは何よりも大ロシヤ主義によるタタール系ソ連人や朝鮮系ソ連人に対する、拭い難い差別・蔑視である」。

そして父に向かって言った「三益が学生運動に加わっているのを心配して、やめさせたがっているようだが、いま時、左翼運動に関心のないような学生は、将来の見込みがない」――父は黙した。

また、抑留者が生き残るために、人間性を放棄せざるを得ない状況に追い込まれていった様相を、何かのはずみに口にしたことがある。しかしこれも再び繰り返すことがなかった。

後年、戦争末期の中学・大学の学生生活を振り返って、自嘲的に言った「俺は、不良《わる》ぶった言動で、時代に逆らう意志を示そうとしたが、あれは全くばかげた擬態にすぎなかった。たかだか、純文学を振りかざし、着流しで町を歩く程度の遊びにすぎなかった」残念ながら、このような対話のムードは、この随筆集から省かれている。

生還後、経済学部を卒業した兄は、改めて日本文学科に学士入学した。そのため、三ヶ月ほど、東京で二人一部屋の下宿で一緒に暮らしたことがある。偶然の一致であったが、兄は、「鷗外と漱石――日本近代化への二つの対応――」を卒業論文のテーマに選び、私は、日本の近代化との比較を念頭に置いて、「イギリス市民革命の軍隊」をテーマに選んだ。近代化論追求の姿勢は、時代の流れによるだけでなく、西洋近代医学の徒を自認する父の影響があったように思う。

兄は、社会科と国語の両方の教員免状を持つ、便利な中学教師になった。実際には、第一志望の国語教師に専念している。中学生当時から兄はよく私に言った――「おまえの小説の読み方は、理屈先行で駄目だ。文学作品を文学作品としてそのまま受けとめようとする姿勢が見られない」。この随筆集を見ても、いかにも国語教師らしい文章の気遣いがみられる。

今回随筆集を出版するに当たり、私は望んで、「戦時・抑留体験記」の編者の役を引き受けた。何箇所か、兄の思いちがいや記憶ちがいがあったので、編者として訂正しておいた。また、私の尊敬する先輩である山内武夫さん（「不戦兵士の会」世話人）にも「戦時・抑留体験記」に目を通していただき、編集に当たっての貴重な助言に加え、訂正すべき個所を懇切丁寧に教示していただいた。という以上に、この随筆集を自費出版するよう真っ先に助言して下さったのが、山内さんであった。

また抑留時代の年譜の作成に当たっては、山内さんの紹介を得て、江口十四一さん（「ソ連における日本人捕虜の生活体験を記録する会」代表世話人）のご教示をたまわった。これらの方々、そして兄の身近にあって随筆集の刊行を助けて下さった方々に、兄の家族とともに厚く御礼申し上げたい。

シベリヤ抑留の記録は聞くところによれば、ほとんど収容所内で書き留めることもできず、またメモに書き留めたとしても持ち還ることができなかったという。しかし生還者たちが記憶の生々しいうちに自らとりまとめた記録、あるいは生還者たちから比較的早い時期に聞き取った記録は少なくない。それでも、中国や南方からの生還者、あるいは戦没者の手記に比べると、驚くほど数が少ない。この「戦時・抑留体験記」が、半世紀を経て書かれた小さな随筆集であるとしても、六〇万人抑留者の貴重な声の一つに加えられるならば、身近なものにとってこれにまさる幸はない。

弟・中岡三益記す

二〇〇〇年一月

# 第二部

# 投稿文集

# （一）一般

## 1〈平成四年五月　三重県年金者組合牟婁支部21号〉

### 不自然体

六年前の六十一歳の夏に、私は食道癌で食道全部と喉頭を切除しました。以来、音声を失い、喉元に開けられた穴――永久気瘻《えいきゅうきろう》で気管支呼吸をする身になりました。永久気瘻の「瘻」は傷と同義、つまり、生きている限りは閉ざされることのない、息をするための傷口の意です。いかにも医学用語風のしかつめらしい非情な名称ですが、それはともかく、そういう体になって初めて、健常だったかつての自然体が、いかによくできているかについて気づいたのです。

手術後、意識の回復した私をいちばん驚かしたのは、物言えぬ不自由もさることながら、気瘻でする空気のまずかったことです。まだ生々しい傷口だったせいもあったのでしょうが、息をす

るのをやめてしまいたいと思うほど、それはまことに味気ない一息一息でした。けれども、私は生きるために、ただ無機的で刺激的なだけの呼吸を、機械的にし続けました。

人間の鼻や口は、単に物の臭いを嗅いだり、食べ物を味わったりするためだけのものではありません。人間の鼻や口は、実は、鼻孔や口腔の粘膜を通して、空気をえも言えぬ味わいあるものに変えるものだったのです。私は失望落胆し、海や山で鼻や口を大きく開けて、思う存分にした深呼吸などは、この世の最高の贅沢だったのだと知りました。いつのまにかまずい空気にも慣れてしまいましたが、私は、今でも決して深呼吸はしません。気管支呼吸の深呼吸などはナンセンスだからです。また、気管支呼吸では、空気の摂取量を運動量に応じて、自在に調節できないのも悩みの種です。急いで歩いたり、坂道にかかると、私はたちまち酸欠状態になってしまいます。ことに暑い夏は鬼門です。私はすぐ犬のように喘ぎ始めるのです。以前は夏がいちばん好きだったのですが、泳ぐこともできず、いちばん苦手な季節になってしまいました。

また、当然のことながら、鼻で息をしない私は、ほとんど嗅覚というものが働きません。花々の香りも、蒲焼きの臭いも、甘酸っぱい孫の体臭もなんにもない、素っ気ない無臭の世界に住しているのです。時折、かすかに物の臭いの方から、鼻孔に飛び込んでくることがあります。が、それが自分の放屁の臭いだったりして、苦笑してしまうのです。それに鼻を挟《か》むこともできず、流れ落ちてくる鼻汁を、せわしく拭わねばならないのも情けない話です。

食道というものもよくできています。食道のない私は、食道の代りに胃を喉元まで吊り上げているのですが、食後うかつにうつむいたりすると、食べた物が口や鼻に逆流してくることがあります。また、ビールのような気泡性のものは、泡が入口を塞いで容易に入っていきません。それに固いゴム管のような食道があってこそ、柔らかい胃の腑に物を詰めることができるのです。食道のない私は、

「ああ、食った食った!」

と、満腹の腹を撫でることも、絶えてなくなってしまいました。

喉頭の切除は音声の喪失をもたらし、電気発生器の使用を余儀なくされています。が、それだけではありません。ごくりとちぎって、飲み下すことができなくなってしまったのです。冷たい水や番茶を、ごくりごくりと音たてて飲む時の、あのリズミカルな生理は、少し大げさに言えば、生きていることの快感そのものだったような気がします。

とはいえ、私は最も軽い第三障害者に過ぎません。障害者の集いや運動会に参加すると、第一、第二障害者の方々の不条理はいかばかりかと、思わないわけにはいきません。

## 2〈平成五年九月九日　朝日新聞〉

### 「すごく」乱用私には疑問

「すごく」という言葉をよく耳にする。これは少し前まで若者言葉だったはずだが、最近はすっかり一般化した感がある。ところで「すごく」は「ひどく」同様形容詞の副詞的用法だが、以前は「ひどく痛む」とは言っても「すごく痛む」とは言わなかった。意味は同じだからいいではないかというかも知れない。が、現代語といえど、私達民族が長い時間をかけて磨いてきた文化である。安易にくずしていいだろうか。耳障りだと感じる方が正常な言語感覚ではないだろうか。

また「とても、大変、きわめて、非常に、まことに、はなはだ、やたらに、めっぽう、えらく」などなど、いくぶんニュアンスの異なる副詞的強調語は数多くあって、それらを使い分けてこそ豊かな表現になるはずである。

なんでも「すごく」ですませるのは安直というほかない。参考までに中学や高校の国語教科書を何冊か目を通したが、「すごく」は一つも見当らなかった。まだ市民権を得た言葉遣いではないようだ。

## 3〈平成五年十二月　中日新聞〉

### 残念でならぬ熊野の浜やせ

熊野の七里御浜の浜やせがテレビでとりあげられていた。原因はダムとも言われているが、確定されていない。早急に原因を究明してほしい。自治体は対策として没海中堤防の建設を考えているが、国や県の援助なしにはとても無理だという。なにしろ延々二〇キロに及ぶのだ。そのうち碁石やアクセサリーの材料も採れなくなり、花火もできなくなると関係者達が心配していた。

それはともかく、あの波に磨きぬかれた小石の浜がやせていくのは残念でならない。のびやかに広がる青い海、弧を描いて押し寄せる白い波、かれんな昼顔の花……みんな美しい小石の浜があればこそである。何とか浜やせ防止対策を実現してほしいと思う。

有名な鬼ケ城や獅子岩だけでなく、海岸線を車で走り、時に車を止めて浜に下りていってみて下さい。春や秋の七里御浜はのどかで晴れやかで、そんじょそこらの埃っぽい観光地など足元にも及ばないのだから。

## 4〈平成五年十二月二十四日　朝日新聞〉

### 電動発声器の日本製を待つ

数年前がんで食道全部と声帯を切除した。当初は筆談で不自由な日々であったが、電動発声器の存在を知り、アメリカ製のを購入した。リレーのバトンを半分にした大きさでずしりと重い。ほかにドイツ製もあると聞いている。喉元に当ててものを言うと、口腔《こうくう》の変化に応じて、電動音が擬声音に変わる卓抜なメカニズムだ。

が、ロボットのような抑揚のない音色は人声にはほど遠く、人中では気がひける。それに出せない音もあり、通じにくい時もある。それでも今では買い物も電話もやれるまでになった。予備に二本持って海外旅行にも出掛けていく。私の生活は、実にこの発声器によって成り立っているといっても過言ではない。

しかし、なぜか一向に改良されたという話も聞かないし、価格も七、八万円となかなか高い。それに何より残念なことは、いつまで待っても日本製が出てこないことだ。この技術大国はもうからないものは作らないのだろうか、とさえ思いたくなる。

一日も早く、優れた日本製を使える日の来ることを願わずにはいられない。

## 5〈平成六年一月二十日　中日新聞〉

### 施設・設備に音響の配慮を

昨年暮れ、三重県紀伊長島町公民館で佐藤陽子さんのバイオリンコンサートを聴く機会を得た。楽器はストラディバリ、アマーティ、ガダニーニなどと並び称せられるクレモナの名器ガルネリである。

ところが演奏に先立って、佐藤さんは音響のあまりのひどさを嘆かれた。ついたてを立てたりしてみたが、すべて徒労だったのだ。これは演奏の生命にかかわるので、佐藤さんの落胆ぶりもうなずかれる。

特に音色で聴かす叙情的な小品での「音やせ」は、残念でならなかった。パガニーニも愛用したガルネリは、オルガンのように鳴り響くといわれる。しかし、それを生かす条件が演奏会場にはなかったのだ。

それでもこうした機会に恵まれない私たちは満足だった。何度もアンコールにこたえてくれた佐藤さんにも、主催者にも感謝したいと思う。が、地方の小さな市町でも、施設・設備における、音響へのできる限りの配慮が必要な時代ではないかと思った。

## 6〈平成六年一月二十五日　読売新聞〉

### 孫の守り

娘が出勤の途次、一歳一ケ月の孫を預けていく。

孫は何でも口にもっていき、マジックで口を赤くする。私の眼鏡をむしりとる。鼻に爪を立てる。なにもかも不思議な謎に満ちているのだ。バナナもミカンも握りつぶす。きっと大人には計り知れない快感なのだろう。

お天気がいいと庭に出る。尻餅をつき、つんのめって倒れるが、果敢に歩く男の子だ。次々と庭木の葉をむしっては口にもっていく。花壇で大きなミミズをつかんだが、ぐにゅっと動いたので驚いて投げ飛ばした。ちょっと目を離すと、四つばいになって地面をなめている。味覚というプリミティブな感覚で物の存在を、これから寄って立つ大地を確かめているのかも知れない。

両手を上げた。抱けというサインだ。日増しに重くなり、私は腰にこたえる。

## 7〈平成六年二月二十日　毎日新聞〉

### やはり夏は自然の中へ

六歳の孫娘を水泳教室に連れていく。明るいライトで夜も昼もない。室温も水温も適温で夏も冬もない。女性コーチが親切にメニューをこなしていく。孫娘も一生懸命だ。私はプールを見下ろす喫茶室でこう思った。

大宰の短編『猿ケ島』に、青い目の少年がロンドン動物園の荒涼とした猿ケ島を見ながら、桃色の頬の少年に、「いつ来て見ても変わらない」とつぶやく場面がある。ここは十九世紀末の猿ケ島とは比較にならない現代的施設の水泳教室だ。が、「いつ来て見ても変わらない」人工という点では同じである。

波、波音、ウミウシ、アメフラシ、イソギンチャク、ナマコなど磯溜りの不思議な生き物たち……それは子供の私にとって、飽くことのない、常に息づいている魅惑的な世界であった。やはり夏は自然の中へ連れていってやろう……そう思った。

## 8〈平成六年三月十三日　毎日新聞〉

### 日本のポイ捨て人心の荒廃見る

ガムの販売まで禁止しているシンガポールのポイ捨て規制が、他の諸規制と共に批判の対象になることがあります。人心を息苦しくさせ、ひいては経済にも悪影響を与えるからでしょう。が、観光都市でもあるシンガポールは、そうした負の面を認めながら、あえて規制に踏み切ったのだと思います。

一方、日本はポイ捨て天国です。自動車の灰皿の吸い殻を道路にぶちまけていく日本と、足こぎ三輪タクシーに吸い殻入れの空き缶をつけていたシンガポールとの間には、規制以上の心の姿の違いが感じられてなりませんでした。

道路、公園、河川、海浜……。至る所にゴミが捨てられている日本の状況には、人心の荒廃さえ感じられます。ただモラルの向上に期待するだけで解決できるのでしょうか。ある程度の規制が必要のように私には思われます。まずモラルへの意識が、そのことによって喚起されるのではないかと考えるからです。

## 9〈平成六年四月十三日　朝日新聞〉

### 樹液の飲料にシベリヤ思う

五日の本紙に掲載された「シラカバの樹液を飲んでみませんか」を感慨深く読んだ。昔、北欧やロシヤで抗ストレス飲料だった樹液を、最近乗鞍岳の丹生川村森林組合が健康飲料として採取し始めたのだ。「飲む森林浴」のうたい文句で売り出すらしい。シラカバ一本で五、六年間で百万円の試算というから驚く。豊かさが生み出したこの珍奇な自然志向は分からなくはないが、それを水ビジネスにしてしまうところが何とも現代的である。

もう五十年近くも昔、虜囚だった私は、まだ雪の残る早春のシベリヤでカエデの樹液をよく飲んだ。幹にV字の傷を入れて、空き缶をぶら下げておくのだ。陽光の中で飲むこの薄甘い清涼飲料は、作業の合間の楽しみだった。それは雪解けから芽吹くまでの、ぐんぐん地下水をくみ上げるいっときのことである。

が、小川がまるで生きもののように流れ出し、しんまで凍っていた木々が生き返って、森がざわめき始めると、厳しく長い冬を乗り切った喜びでいっぱいになる。二人用大ノコの相棒の顔も明るく、甘露甘露と飲み合った時のことが、懐かしくよみがえってきた。

## 10〈平成六年五月一日　読売新聞〉

### 女性リポーターは敬語を大切に

男女同権が声高く言われる時代です。各種スポーツでの女性の活躍には目を見張るものがあります。また、土木建築の現場にまで女性が進出している。そういう状況ですから、女性の男性化も、女性誌の男性語化も自然の成り行きかと思います。

たとえば、若い女性が「……なんだ」というのをよく耳にします。私は現代的でいいとさえ思います。が、それは親しい仲間同志に限っての話です。若い女性リポーターが年長者に対し、そのような言葉を使っているのを聞くと、良識を疑いたくなります。いや、たとえ相手が年少者でも、ものを尋ねる立場からすれば、敬語がふさわしい場合もあるでしょう。

話し言葉のプロである女性リポーターの皆さんには、どうか敬語に対する感覚を大切にしていただきたいと思います。

## 11〈平成六年六月三日　朝日新聞〉

### 食道発声励むライト氏応援

「徹子の部屋」や、本紙「ひと」欄と禁煙CMについての記事で、コロムビア・ライトさんのことを知った。漫談や司会を職業にする人にとり喉頭《こうとう》がんによる音声喪失が、どんな過酷なことであったか。

「どうやって食べていったらいいんだ」と、奥さんへの言葉が悲痛だ。「声を、失って、初めて、心、伝える、言葉の、素晴らしさ、知り、ました」としぼり出すようにいう述懐には深い実感がこもっている。

確かに私たちは失って、初めてそのことの価値や意味を知る。平和、身近な人の死、健康など、私にもいくつかあり、音声喪失もその一つだ。食道のない私は電動発声器（擬声音）を用いるほかないが、道具に頼らず、自前の声を得る優れた方法がある。それが食道発声だ。

が、ライトさんが一年で「おはよう」と「とうきょう」が言えるようになったというほどに、その修得は容易ではない。ゴムのようなへんてつもない食道に、微妙な声帯の代わりをさせるのだ。強い意志とたゆまぬ努力が要求される。が、ライトさんの発声はもう相当なものである。十月には「コロムビア・ライトの高等がん漫談」で現場復帰とか。

言葉の素晴らしさを知ったライトさん、頑張って下さい。

## 12〈平成六年六月五日　毎日新聞〉

### マロニエとトチ

名古屋のマロニエの街路樹の花がテレビで紹介されていた。紅色の方だった。私はシャンソン「パリの屋根の下に住みて／楽しかりし昔／鐘が鳴る鐘が鳴る／マロニエの並木道」を思い出した。この歌が暗い戦時下でよく歌われたのは、のびやかなメロディと明るい叙情のゆえであろう。マロニエがどんな木かも知らずに私もよく口ずさんでいた。

先年、シャンゼリゼ公園のマロニエの並木にお目にかかった。想像していたのよりがっしりとした緑陰樹で、下には栗に似た実がたくさん落ちていた。私はそれがすぐトチの実だとわかった。正月が近づくと、本籍の奈良県吉野郡からトチ餅用に送られてきていたからだ。

マロニエとトチが同属で、シャンゼリゼのそれはベニバナトチノキだとあとで知った。が、私は今でもトチと言えば深山幽谷を、マロニエと言えばあのしょうしゃなパリの街を思い浮かべてしまうのだ。

## 13〈平成六年十月二日　読売新聞〉

### 虫と遊んで感性豊かに

私が自宅で教えている中学生が、窓から飛びこんできたコガネムシが体に止まって、パニック状態になったのには驚いた。虫が少なくなったのも寂しいが、虫を厭う子供が多くなったのはいっそう気がかりだ。

私の子供の頃は虫は身近な存在であり、遊びにも欠かせなかった。朝眼ざめると、かやには美しいキリギリスやカミキリムシがはっていた。様々な虫を捕まえて飼い、友達と戦わせた。トンボの尻を無造作にちぎり、草など刺して飛ばしたりもした。残酷だが、それも自然や命との触れ合いなのだと、何かの本で読んだことがある。

さて、小学一年の私の孫娘は虫が大好きで、いつも庭で虫と遊んでいる。昨日は青い芋虫をつまんできて、「きれいでしょう」と友達に見せ、友達が気味悪がって顔を背けると、「きれいなチョウになるんだよ」としたり顔。感性豊かに育ってほしいと思う。

## 14〈平成六年十月三十日　毎日新聞〉

### 身近で見られる美しい山や海

先日の連休に上高地・黒部一泊観光バスツアーに行ったが、予想を上回る混雑ぶりだった。上高地は渋滞で散策時間が半減。黒部はトロリーバス一時間待ち、地下ケーブル一時間待ち、ロープウエー二時間待ち、トンネルバスも高原バスも待たされて、せっかくの高原風景も夕やみに消えてしまった。晴天でロープウエーから見事な紅葉の見えたのが救いだった。

それにしても、ほこりにまみれて眺める有名観光地の自然にどれほどの意味があろう。確かにスケールは大きいが、神秘も畏敬も感じることはできなかった。ニュージーランドのマウントクックの氷河に軽飛行機で降り立ち、青空にそそり立つ氷壁を仰ぎ見た時の感動が忘れられない。静寂の氷河は人影もなく、清浄な雪に覆われていた。

いや、そんな特別な大自然でなくとも、私の身近には美しい山も海も谷もあり、のんびりくつろげる温泉などいくらもあったのだ。

## 15〈平成六年十一月二十日　読売新聞〉

### 輝きを失った大台ケ原

大台ケ原へ紅葉を見に行った。頂上の大駐車場付近には、ホテル、食堂、土産物店、資料館。すっかり観光化され、ぞろぞろ人が歩いている。大蛇嵓《だいじゃぐら》への道もひきもきらずだ。山の斜面でカモシカがこちらを見ていた。意外に人を恐れないのだというが、五、六メートルに近寄っても逃げない。一緒に記念写真を撮った。牛石ケ原では、ニホンシカが何頭も、ハイカーの投げる菓子を食べているのにあきれた。

少年の頃、八里（約三二キロ）の山道に喘ぎ、山ザサをかいくぐって、この高原に出た時の感動は忘れられない。人気のない手つかずの自然が光り輝いていた。シカに出くわすと、シカは身を躍らせて森の深みへ逃げ去った。戦慄《せんりつ》を覚えるような緊張があった。開発とひきかえに自然も野生も輝きを失い、そして、私達人間もあり余る物と便利さの中で、輝きを失ってしまっているのに違いない。

## 16〈平成六年十二月二十五日　読売新聞〉

### レンコン茶にシベリヤ思う

徳島県鳴門のレンコンは品質はいいが、近頃は安い中国物に押され気味だという。そこでレンコンの葉を乾し、刻んで茶にして飲む試みがテレビで紹介されていた。案外番茶に似ておいしく、販売もできそうだという。茶とは似ても似つかぬあのばかでかい葉を、誰が茶にしようなどと思いついたのだろう。

私はシベリヤ抑留時代、お茶がなくて寂しい思いをした。雪の山中ではたき火の中のたぎる湯に入れるものは何もない。やむなく松葉をむしって入れていた。雑穀の粉を煮た僅かな食事の後、私達はいつ帰れるとも知れない孤独と寂寥の思いに駆られながら、やに臭い松葉茶をすすったのだった。

あるいはこのレンコン茶も、貧しくてさ湯など飲んでいた昔、お茶のない寂しさが生みだした先人の知恵だったのかも知れない。そんなことを思いながら、この風がわりなニュースを見終った。

## 17〈平成七年三月二日　朝日新聞〉

### 動物たち原告住民と頑張れ

国の特別天然記念物・アマミノクロウサギたちが、ゴルフ場開発許可の取り消しを求めて法廷に立つという記事（二月二十三日）が出ていた。もちろん、共に原告となるのは奄美の地元住民だが、野生動物や渓谷、川にも法的に保護される権利があるとする、米国で提唱された「自然の権利」の考え方に基づくのだという。

今日、開発による生態系の破壊は見逃せない問題となっている。経済優先のゴルフ場開発も例外ではない。森林伐採による大気の浄化力や保水力の破壊、入会権のはく奪、除草剤大量散布による農地や河川の汚染など、人間にとっても野生動物にとっても深刻である。

開発が単に合法的だという理由で、あるいは日本では動物に原告適格はなじまないという理由で、鹿児島県がこの訴訟を退けようとすることだけは避けてほしい。ゴルフが国民の健全なスポーツとして発展するためにも、環境行政や環境保護法のありようについて、この際大いに論じてほしいと思う。〝弱者をして語らしめよ〟である。アマミノクロウサギ、オオトラツグミ、アマミヤマシギと住民の健闘を祈りたい。

## 18〈平成七年三月五日　読売新聞〉

### 気どりのない街の飯屋

毎月一回、国立名古屋病院で薬を待つ間、私と妻は昼に街に出る。少し足をのばすと手打うどんやうなぎもあるが、三度に二度は近くの飯屋に行く。ケースには小皿に盛られた野菜・ひじき・油揚げの煮付け、白子入り大根下ろし、おひたし、焼魚、煮魚、コロッケ、ハンバーグ……みな家庭料理で味付けもいい。漬け物がサービスで、焼魚をレンジで温めてくれるのもうれしい。さすが飯はうまく、大・中・小とあり、腹に合わせて注文できるのが何よりだ。味噌汁をたのみ、ケースから二皿ずつ取り、忙しそうな人達の間に伍して席に着く。新聞を広げて酒やビールをやっている人もいる。飾り気ない店内には、生活と街のにおいが漂っている。

特別なご馳走はないが、安く、おいしく、無駄なく食べて帰る。街の飯屋は合理的で気どりがなく、実質本位なのが何よりだ。

## 19〈平成七年三月十二日　朝日新聞・いい朝日曜日〉

### 夕食まで

教員の娘夫婦が、毎朝二歳四ケ月の息子を預けて行く。小学一年の孫娘より言葉も歌も遅く、コンクリートミキサー車は「コンキンシャー」。やんちゃで、池のひしゃくを振り回してぬれねずみ。たき火をすると「ヒーヒーボーボー」と叫んで、棒でたたき引っかき回す。花壇の苗を引き抜くので、ばあさんがしかると、「ウルサイ」「ヤカマシ」。どこでこんな憎まれ口を覚えるのか。夕方、娘夫婦が迎えにくると、「ジャーネ、バイバイ」と帰って行く。ほっとして食事を始める。

## 20〈平成七年三月十二日　毎日新聞〉

### 薬だけに頼らず病人食の備えを

神戸の避難所でお年寄りの流感が増えているという。劣悪な住環境と病人食がないため、なかなか治らないのだという。見かねた医師と看護婦が、支給された弁当で温かいかゆを作っている様子が放映されていた。無論、流感以外でも病人食の不備が問題になっている。薬物だけでは病状の悪化を防ぐことができないのだ。実にお気の毒というほかない。

私たちの地方でも流感が猛威を振るった。家族が次々にかかった。熱で何も食べられない。梅干しを入れた番茶がどんなにうまかったことか。少しよくなり、好きなオカカで存分にかゆをすすった。十分な医療と住と食の中でも、全治二週間を要した。

うかつにもグルメの中で、私たちは本当の食の意味や備えを忘れていたような気がする。

## 21〈平成七年四月六日　朝日新聞〉

### 整備願いたい福祉機器情報

先日、朝日新聞名古屋厚生文化事業団など主催の福祉機器展が名古屋で開催された。私は音声障害者用の電動発声器を見たかったが、風邪で行けなかった。

その後、ＮＨＫ教育テレビの「健康『喉頭《こうとう》がんのリハビリ』」を見て、医療と福祉機器情報とリハビリが連携して機能していない日本の現状を痛感した。今、私が使っているアメリカ製の発声器は、偶然人が使っているのを見て九年前に購入した。それまで私は、半年以上も不自由な筆談を余儀なくされていたのである。

が、テレビで使っていたのは、私は初めて見るものだった。早速ＮＨＫに照会し、それがイタリア製で六万円（市の補助金でもっと安くなる）のものだとの回答をもらった。

市の福祉事務所に相談したところ懇切に対応調査していただいたうえ、社会福祉協会から無料でドイツ製の発声器をもらった。これは性能がよいうえに、小型軽量である。より優れた福祉機器は、障害者の生活をどれほど豊かにするか計り知れない。福祉機器の総合的な常時展示施設が地方都市にもほしいが、さしあたり情報の整備とサービスを、とくに医療関係の方々にお願いしたいと思う。

## 22〈平成七年四月九日　読売新聞〉

### いたずら坊主

二歳半の孫はラ行の発音がまだ出来ない。「はう（る）のかぜ、ふわふわい（り）」と歌って歩いている。発音は未熟だが、男の子だからいたずらは一人前。庭石や脚立に平気で登るから目が離せない。幼児用の自動車にまたがってすごいスピードで走り、ひっくり返ったり激突したりしてかんしゃくを起こしている。筆ペンで落書きする。大事な私の眼鏡を壊す。私があわてると、「えーと次、ナニしようかな」とからかうのだから始末が悪い。高い木に登って剪定《せんてい》していると、樹下に来てこう叫んだ。「だいじょうぶかあ」。

## 23〈平成七年五月二日　朝日新聞〉

### 森林の整備は国民の負担で

一九九四年度の林業白書は、木材価格の低迷や山村の過疎化、高齢化はもはや林業関係者の努力だけでは解決できず、国民全体の支援を訴えているという。これを報じる四月二十一日の本紙記事を読み、森林整備に国民負担も必要だとの思いを新たにした。

現代産業の中での林業の経済効率の悪さ、加えて輸入材による経営の圧迫を考えれば、国民的支援は当然で、むしろ遅すぎたくらいである。先年、北欧を旅した時、行く先々で美しい森に出会った。デンマークでは多くの森林学校出身者が森の管理・育成に従事し、国が大切に保護しているとのことだった。

日本人の主食をまかない、日本の農村の自然を形作っている水田の水、昨年苦しい節水を強いられた生活用水や工業用水。それら大切な水資源は、森林によって保持されるのである。決して荒廃させてはならないのだ。

四月二十二日は、世界中で「地球環境を守る意思表示」をするアースデー（地球の日）だった。林業白書の記事を読んで思いを新たにした私は、アースデーにちなんで、温暖化防止のため東南アジア、南米などでの森林や熱帯雨林の乱伐をやめよう、森林整備のために国民が負担しよう——

そう意思表示したいと思う。

## 24〈平成七年五月二十一日　毎日新聞〉

### トチもちの思いあれこれ

奈良県吉野郡の上北山温泉に行った友人から、おみやげにトチもちを頂いた。その温泉からさらに二キロ入った小橡《ことち》の里が私の本籍だ。昔、歳末になると、そこの祖父母からトチの実が送られてきた。クリに似たその実は、秋に山深く入って採取し、あくで苦みを抜き、家の前の谷川にさらすので、手間暇のかかるものなのだと聞いた。

もち米と一緒に蒸し、つく前にほくほくした黄色いその実の、ほのかな苦みを賞味するのも楽しみだった。あんもちにするか、砂糖をつけて食べるのが普通だったが、今はさらりとした茶がゆに入れて食べるのが好きである。

もともとトチもちも茶がゆも、米や野菜の乏しかった山村の人々の生み出した知恵であろう。この素朴な風味がグルメの中で見直されたのはうれしいが、季節のない商品になってしまったのが、私にはちょっと寂しいような気もした。

25〈平成七年五月二十八日　朝日新聞・いい朝日曜日〉

港町の朝

毎朝、港まで妻と散歩に行く。休日には立ち寄って、小学二年生と二歳半の孫を誘って行く時もある。船着き場には大小のひしめく漁船。働く人々や買い付け人でごった返し、競り声の響く魚市場。今朝はカツオが大漁だった。シイラ、マグロ、アジ、イワシ、イカ、タイ、マンボ、ガシやサザエなどのいそもの、いけすの中ではブリがぐるぐる回っていた。散乱する小魚には、いつもながらサギとカモメとカラスの常連ども。

二歳半の孫息子は何でも指さして、「コエ（コレ）ナーニ」と忙しい。魚好きの私たちは「アジは塩焼きにするか、それともムニエルがいいか」と晩の菜の品定めも怠らない。三方を高い山並みに囲まれ、東に黒潮の海がひらける尾鷲はいつも港のにぎわいから始まる。

26〈平成七年七月六日　朝日新聞〉

下級兵に過酷、モンゴル抑留

本紙に掲載されたモンゴル日本人捕虜に関する記事は衝撃的であった。それがモンゴル公文書による点でなお貴重な資料だと思った。また、モンゴル抑留がノモンハン事件の賠償の意味を持つというモンゴル側の認識は、私に歴史再学習の必要を感じさせた。

首都ウランバートル建設が主目的だったのは驚きだが、私が一番疑問に思ったのは、なぜモンゴルでは日本軍の組織、階級が色濃く残り、いっそうの不幸をもたらしたかである。

シベリヤでは約一年でそれらは整理されたように思う。が、それまでは上に厚く下に薄い食事の分配、加えて内務班的な使役など、下級兵士は過酷な生活を強いられたのである。ことに懲罰主義の悪習は抑留生活に陰惨な陰を落とした。炊事場に盗みに入って捕まると、柱が四本の有刺鉄線の箱のような鶏小屋営倉に入れられたのだ。屋外の寒さと空腹で、力尽きた鶏のようにうずくまっていた仲間の姿を、私は忘れられない。

捕虜抑留や強制労働の不当性は厳しく問われるべきだが、同時に「死者の多くが下級兵士や民間人であった」というモンゴル公文書の記録は重大な意味を持っている。

27〈平成七年七月十六日　読売新聞〉

## 生き生きとした大相撲を

朝乃若がはいつくばうような仕切りをしなくなった。朝乃若の独特なフットワークを、解説者が「見苦しい」と評していたのが気になる。千代の富士は平幕の頃、別れ際に目をむいて相手をにらむので、「上位に失礼だ」と評された。小錦も平幕の頃、リポーターに「相撲とは」と聞かれ、「けんかかね」と答えて物議を醸した。いたずら小僧のような朝乃若の個性、闘争心むきだしの千代の富士の気負い、小錦の憎めない率直さ……皆未熟だが、その溌剌《はつらつ》とした若者らしさに観客は拍手を送ったのだ。そこから練磨も相撲道も始まることを私達はよく知っている。始めからそつなくお行儀のいい若者に、どれほどの魅力があろう。近代相撲の「近代」には、そうした個性や自我の容認も含まれていていいのだと思う。格式や伝統も大切ではあろうが、むしろ生き生きとした楽しい大相撲をお願いしたい。

## 28〈平成七年九月十日　読売新聞〉

たばこのポイ捨て一向に減らず

早朝、家の前の五十メートルほどの範囲をゴミ拾いする。数年前に比べると、ゴミはかなり少なくなったように思う。まず、瓶や缶が少なくなった。愛犬家の置き土産も以前ほどではない。自動車から灰皿の吸い殻をぶちまけていく手前勝手な行為もあまりお目にかからなくなった。が、たばこのポイ捨てだけは一向に減らない。さほど罪意識はないのだ。一人ひとりの些細《ささい》なものでも、チリも積もればたちまち不浄の道路と化するのだ。ゴミ拾いが終わると散歩に出かけるが、吸い殻のないすがすがしい道を歩きたいといつも思う。

## 29〈平成七年十月十日　産経新聞〉

### もっとほしい発声器の情報

日本では、医療と、リハビリと、福祉機器に関する情報が連携していない。病院の「音声障害リハビリ室」に行き、発声器についてたずねても、十分な情報が得られないのが実態だ。

十年前、医師からタピアという発声器を勧められたが、これは習得困難だった。そんな時、アメリカ製電動発声器を知った。医師は「身内でしか通用しませんよ」と言い、価格はタピアの十五倍もしたが、私は迷わず購入した。

以来、私は筆談から解放され、豊かでアクティブな生活に一変した。その後、ドイツ製品やイタリア製を入手し、いまは主にドイツ製を使っている。

何年か前、日本で体内埋め込み式の発声器の研究がなされているという報道があった。が、それが実用化されたという話は一向に聞かない。福祉機器全般と、特に最新の音声障害者用発声器に関する情報をもっと知りたい。

## 30〈平成七年十一月五日　朝日新聞〉

### アマゾンの魚、死なさぬ策を

本紙で「アマゾン熱帯魚に異変」を読み、困ったことだと思った。

小魚カージナルの激減、大魚ピラルクーの小ぶり化など、日本はじめ先進国での熱帯魚ブームを受けた乱獲による生態異変ではないかという。

ブラジルの業者は酸素の使用も、水温調節もほとんどしないので、原産地から現地の輸出基地に着くまでに八割が死に、さらに日本への空輸中でも大量に死ぬことがあるという。ところが、業者は生き残った分しか代金を払わないので、漁師は魚が死ぬのを計算にいれて大量に取る。そんな無残な輸送や乱獲が、異変に拍車をかけているというわけである。

そこで日本の輸入業者は、たとえ価格が上がるとしても、輸送の改善に努めると同時に、現地でも指導すべきではないだろうか。それに、まだ着手されてないとすれば、養殖などの研究も考えたいと思う。

ところが、日本では輸入業者や愛好者を当て込んで、漁や珍種探索の団体旅行まで企画している業者もいるといい、あまりの営利主義に驚かされる。愛好者の美しいものへの愛着はわかるが、かけがえのない種の生存をおびやかしているのであれば、心ない趣味ということになろう。

かつて私たちの身近には水草の揺れる小川が流れ、メダカなどがいっぱい群れ、水槽の熱帯魚にはない命の輝きを見せていたが、それらを生活の利便さのために無くしてしまった。営利と趣味のために、アマゾンの種を絶滅させてはならない。

## 31〈平成七年十一月二十五日　中日新聞〉

### 近くの紅葉で心身安らかに

昨年は紅葉見物に上高地や黒部に出かけ、渋滞と雑踏に悩まされた。で、今年は近くの山へ行ってみた。私の住む尾鷲市は三方に山が迫り、東に海の開けた、自然の豊かな街だ。

RV車（レクリエーション用の車）で妻と出発、すぐ林道に入る。谷川沿いにカーブを切りながら、次々トンネルを抜けて登っていく。谷間は色とりどりの紅葉と黄葉でカエデとハゼが目にしみるようだ。小一時間で八幡峠《はちまんとうげ》に出る。山々を見はらす峠には、私たちだけしかいない。峠を下ると、もう奈良との県境で、谷から紅葉の山がそそり立っている。

谷川に下りて二人で弁当を広げる。アマゴだろうか、二匹悠々と連れだってふちをいく。観光地のようなスケールや華やかさはないが、快い瀬音、初冬の山のひんやりした空気のうまさ、日に輝いて岩間を走る水、のんびりと散策しながら見る自然のたたずまいと、ディテールの美しさ……身も心も浄化された小遊山だった。

32〈平成八年一月二十二日　朝日新聞〉

山のヒマワリ応援してます

本紙に連載された「山のヒマワリ」を興味深く読んだ。ヒマワリは弁護士のバッジのデザイン、「山の」は尾鷲市に法律事務所を持つ堂前美佐子弁護士が、市の南の天狗良《てんぐら》山中腹の山小屋に住んでいるからだ。

堂前さんは看護婦から志を立てた異色の人だ。駆け出しのころ「田舎へ帰って土の上で生活しよう」と、普通なら考えられない地方の町に活動拠点を置いた人でもある。弁護士過疎の現状に一石を投じたのでもあるが、営利より住民の生活守備に視点を置いた活動が高く評価され、紹介されていた。

が、人口十万人をエリアとした国選弁護人としての活動、さらに講演、講義、執筆活動ともなれば、並の多忙さではないだろう。そのエネルギーは、果樹や野菜の栽培、電話を引かないで愛犬と暮らす生活から紡ぎ出しているのだろうか。

私は記事を読みながら、男生徒もお手上げだった中学生の堂前さんの機関銃のような弁舌と、男の子のような野放図さを思い出していた。山小屋で、おじやをごちそうになったこともありました。

掲載された三枚の写真からは、野の弁護士としての自信と気どらない人柄が感じられました。どうぞ、ますますいい仕事をなさってください。

## 33〈平成八年一月二十九日　毎日新聞〉

### 渡哲也の意志的闘病に共感

本紙日曜クラブ「渡哲也の生きる」の「鬼の意志で『がん』を撃つ」を読み、彼の扮する信長の毅然《きぜん》として乱世に立ち向う姿に、ますます魅力を感じた。この武将のように渡も意志的・個性的に人工肛門の生理と闘っている。それは〝魔物〟とさえ思える洗腸だ。九割の人がうまくいかず、便の袋を付けている現実に、その難しさがうかがえるが、渡はそれを人体実験し、模索して方法を見いだしたのだ。また医師がダメと言うビールも肉もやり、発熱時の洗腸さえしているという。

私もがんで食道と喉頭を切除し、音声障害と内科的障害のある身だ。無論、命を救ってくれた医師への感謝や薬の服用も怠らない。が、私もその上での意志的・個性的な闘いこそが、病気に打ち勝つ力を生み出してくれると信じている。渡哲也の病気に立ち向かう姿に共感すると同時に、今後のますますの活躍を期待したいと思った。

## 34〈平成八年二月一日　朝日新聞・ナゴヤマル〉

### やんちゃな孫の散髪にはお手上げ

三歳の孫の散髪がうまくいかない。やんちゃな男の子で、少しもじっとしていない。一度、昼寝中にやったらうまくいったが、布団も服も毛まみれ。近ごろは保育園で昼寝するからそれもできない。

テレビに夢中になっているとき、ちょこっと指でつまんで何日もかけて短くするが、とても、かっこよくはいかない。

私の散髪の腕はかなりのもの。もう四十年近く、自分の髪は自分で刈ってきた。娘や息子はもとより、ときには同僚のまで刈った。が、孫だけはお手上げ。うまくいく方法はないものか。

## 35〈平成八年三月三日　中日新聞〉

### 禁猟区拡大し野鳥を守ろう

本紙朝刊「哀れ、ツクシガモ死亡」(三重版)を読み残念に思った。絶滅危急種の渡り鳥で、一月に三重県・三雲町の五主海岸で確認された四羽の中の一羽である。ツクシガモを狙って発砲しているハンターを見た目撃者もおり、ハンターに撃たれた可能性があるというから、事は重大である。

飛来した四羽の撮影に成功した日本野鳥の会県副支部長の高橋松人さんは、ルール破りの目に余るハンターを考えれば、「周囲一帯の全面禁猟以外に解決策はない」と断言している。釣り人の良心に待つほかないが、放置された釣り糸に絡まれて死に至る野鳥の姿が痛ましい。使用禁止のかすみ網猟などは、罰則強化の必要性があるのではないかとも思う。

殊にハンターの公道上からの発砲や、安全不確認の思慮を欠いた発砲は、人命をおびやかす言語道断の所業と言わざるを得ない。禁猟区拡大への三雲町猟友会の理解と同意を強く求めたい。

## 36〈平成八年三月三十日　産経新聞高齢化社会欄　住むなら田舎？都会？（テーマ投稿）〉

### 巨大化し過ぎて疲れる都市空間

東京も、昔はのどかだった。

小学生のころ、さおを担いで洗足池に行き、ふな釣りをしたものだ。夏は多摩川で泳ぎ、秋はバッタを追いかけた。空き地も多く、遊び場にこと欠かなかった。しかし、今の都会は人もモノもあまりに集中し、巨大化し過ぎている。自然もゆとりもなくなり、味気ない、疲れるだけの場所になってしまった。

私の田舎も以前に比べて自然が少なくなった。田んぼ、ドジョウ、メダカ、海辺の松林、砂浜、沼の小動物、トンボの大群……。慣れ親しんだ光景がいつの間にか姿を消した。

とはいっても、田舎はまだいい。少し車を走らせると渓流がある。山と海に囲まれて空気がいい。ゆとりある庭で花作りを楽しめるのも、田舎だからこそできる。

今の都会は、あまりにも「都会化」し過ぎた。

## 37〈平成八年四月二十五日　産経新聞〉

### 原発事故への医療援助望む

チェルノブイリ原発事故から十年。九日には研究・調査総括の国際会議がウィーンで開催された。

しかし、その惨状はあまりにひどい。小児甲状せんがんの激増、汚染が安全基準数値の五倍のミルク、なんと六十四倍のキノコ、今も五万人が移住対象地に住むベラルーシ、三百七十万人が直接の被害を受けたウクライナ。しかも、その対応、対策があまりにもお粗末なのだ。ことに、医療技術や設備の遅れ、医薬品にも事欠く中にいる子供たちが哀れでならない。

実は私も食道がんで甲状せんを切除しているが、そうした者にとって、ホルモン等の薬剤服用は生命維持にかかわる重大事なのである。

ウクライナ駐日大使が、日本に対しても、特別基金への寄付を訴えていたが、何とかして助けたいものである。医師や薬剤の援助もいっそう必要であろう。そして、原発に替わるエネルギーの供給について検討することが、日本でも必須の課題といえる。

## 38〈平成八年四月二十八日　読売新聞〉

### 木炭車復元に戦時思い出す

本紙十八日の「木炭燃料車を復元」の記事に心ひかれた。トヨタが復元して走行実演したところ、始動まで二〇分かかり、最高時速は五〇キロだったという。太平洋戦争も末期になると、すべての物資が極端に欠乏し、石油も例外ではなかった。そこで国策車として木炭車が開発されたのである。田舎ではまだタクシーなど珍しく、もっぱら木炭燃料の乗合バスだったが、この車は坂には大変弱かった。

昭和十九年、私は日本で最初の十九歳現役兵として、大阪の部隊に入隊することになった。村人に送られて木炭バスで出発したが、奈良県吉野郡は険しい山の中、バスはあえいで止まってしまった。皆降りてバスを押したのだが、峠までの道は遠く、入隊の刻限に遅れはしないかと、私は気が気でなかった。

優秀な自動車も石油も、あり余るほどある国に、愚かな戦争をしたものである。

39〈平成八年五月四日　産経新聞　私の好きな温泉（テーマ投稿）〉

山歩きのあと楽しいひと時

五月はシャクナゲの季節。奈良県の大台ケ原では、深々と生い茂るモミやブナの原生林の陰にかれんな花を咲かせているシャクナゲがハイカーの目を楽しませてくれる。

山歩きのあとの楽しみは、ふもとの上北山村河合にある上北山温泉の「薬師湯」。近年わき出た温泉だが、湯が豊富で何よりも熊野川の支流の北山川の眺めが美しい。

一汗流したら土産物店でトチもちを食べる。これが茶がゆに入れると絶品。

ここからさらに小橡《ことち》の里を抜け、小橡川に沿っていくと、小処温泉がひっそりとたたずんでいる。ここは文句なく深山幽谷の秘湯なのだ。

40〈平成八年五月十四日　毎日新聞〉

恐ろしいチェルノブイリの汚染

チェルノブイリの爆発事故から十年。

この、人間が犯した罪科は三〇万人の家を奪い、今も七八〇万人に汚染地での生活を強いている。しかも、解決のメドも見いだしていない。

広島・長崎の二〇〇倍という放射能は、十年を経て、ますます広く深く大地を水を汚染し、そこにすむ人間や動物をも汚染し続けているのである。

通常の一〇〇倍の発生率だという子供の甲状せんがん、妊婦の染色体異常、胎児の先天性障害。特に、多くの事故処理員の精神や脳障害、そのための言語障害。さらに白血病やがんの多発で、ほとんど四十五歳までに死亡するという。

安全で平和に役立つ核など、はたしてあるのだろうか。

私にはチェルノブイリが、人類に核を捨て、新しい文明の探求に向かうよう示唆しているように思えてならない。

## 41〈平成八年六月十七日　中日新聞〉

### 恥極まりない元法相の暴言

五日付本紙朝刊「従軍慰安婦は商行為」という奥野誠亮元法相の見解を読み、失望した。

奥野元法相は「侵略国家として罪悪視する自虐的な歴史認識や、卑屈な謝罪外交には同調できない」として、国会議員百十六人が名を連ねる「明るい日本」国会議員連盟の会長だ。

まず、こんな連盟に多数の国会議員が名を連ねる政治風土に、救い難い古さと暗さを感じる。次に、こうした暴言を厳しくとがめようとしない橋本首相の態度も疑問である。

連盟の人たちは戦後処理などすでに終わり、日本が国際社会、とりわけアジアで信頼を回復しているとでも考えているのだろうか。

また連盟の板垣正参院議員は「慰安婦は強制的ではなかった」と、教科書の記述さえも批判している。そのうえ元慰安婦に対し「カネはもらっていないのか」と臆面《おくめん》もなく尋ねているのだ。恥辱の上に恥辱を与える、誠に心ない暴言というほかない。

## 42 〈平成八年七月三日　産経新聞　高齢化社会欄〉

### 物忘れ・しっかりしなくては

先日、「駐車場に落ちてましたよ」と、近所の方が財布を届けて下さった。その財布を、今度は岡山のホテルに忘れたらしく、フロントが送って下さった。私は落としたのも、忘れたのも気づかず、別な財布を使っていた。

昨日、外出から戻ると、今度は私の帽子が裏口のドアの取っ手に、ビニール袋に入れて掛けてあった。一歳の孫に気を取られて、長男の家に忘れてきたのを、お嫁さんが届けてくれたのだった。私はやはり、忘れたことさえ気づかず、すまして別な帽子をかぶっていたのだ。が、そんな大平楽な健忘症はまだいい。怖いのは自動車の運転だ。すぐ眠くなったり、考え事をしていて、信号を間違えたり、道を忘れたりで、妻に遠距離運転を禁じられた。われながらしっかりしなくてはと思う。

## 43〈平成八年八月十九日　朝日新聞〉

### 戦争問い直す高校生に共感

十三日の本紙で「脅迫・非難……でも高校生は調べ続けた」を読んだ。郷土の農家が飼育した「白いネズミ」が旧日本軍七三一細菌戦部隊に利用されたことを知り、埼玉県立庄和高校の地歴部の生徒が、実態調査や資料展示会に取り組んだという記事である。やはり先ごろ三重県の高校生が中心になり、津市で自主的に「心に刻むアウシュビッツ展・みえ」を開いたことを本紙は報じていた。

戦争の記憶や関心が風化、希薄化し、また心ない政治家の失言が続く中で、若い人たちのこうした活動には心救われる思いがする。ことに加害者の立場から戦争を再認識することは、私たち日本人の良心の確立と、アジアの人々の信頼を得るためには欠かせないものであり、いっそう共感を覚える。

七月に開かれた「三重県戦後50年体験文集、21世紀への伝言」の発行記念の集いに出席した。席上、数人の語り部代表が数分ずつ体験を語った。中に憲兵下士官として七三一部隊にかかわった方が、自身の犯した事実と、ぬぐい得ない痛恨の思いを語られた。それを聞いた私たちはみな深い感動を覚えた。庄和高校のみなさん、どうか脅迫や非難に屈せず頑張ってほしい。

## 44〈平成八年八月二十四日　中日新聞〉

### 戦争の苦しみ若者も一読を

戦後五十年にちなむ体験文集を読んだ。三重県退職教職員互助会の「戦後50年誌」、三重県年金者組合の「戦中戦後を生きて」、三重県の「21世紀への伝言」の三冊である。

まず強く感じたことは、戦争が婦女子にもたらした苦しみだ。三重県でも多くの人々が、空襲の災禍に苦しんだことを、私は初めて具体的に知ることができた。

ことに、子供やお年寄りを抱え、女手一つで焼け跡から立ち上がった方の体験などには、思わず頭が下がった。

満州引き揚げ者の体験文にも、衝撃を受けた。テレビドラマ「大地の子」そのままだ。途中、わが子を死なせたり、生き別れを余儀なくされた帰女子の惨苦は、目を覆うばかりだった。

最後に、私も旧ソ連軍と戦い、シベリヤ抑留の憂き目をみたのだが、死と直面したり、未来を不本意にも閉ざさねばならなかった、当時の若者の心境や無念を、ぜひ、今の若い人たちにも読んでほしいと思う。

## 45〈平成八年九月八日　読売新聞〉

### 心豊かな愛煙家であれ

愛煙家受難の時代になった。私は十年前にたばこを止めたが、愛煙家の気持ちはよく分かる。愛煙家にとって、たばこは生活の彩りであり、ストレス解消の一助にもなるのだ。

ゴーゴリの「タラス・ブーリバ」を下敷きにしたフランス映画の「隊長ブーリバ」では、ブーリバは敵弾に倒れると、大樹を背に悠然と愛用のパイプをくゆらしながら死んでいく。火あぶりの刑になりながら、勇猛果敢に指揮をとる原作とは違うのだが、私は映画の方もなかなか見事な終末だと思った。で、吸いたい方はどうぞ存分にと言いたい。

けれども、人に迷惑をかけるのは感心しない。禁煙車で吸っている人がいる。狭い部屋を煙でいっぱいにする人がいる。道路の掃除をすると、ごみの七、八十パーセントは吸い殻である。人に迷惑をかけない、心豊かな愛煙家であってほしいと思う。

## 46〈平成八年九月八日　毎日新聞〉

### かわいい訪問者、事故が心配です

テレビを見ていると、夜遅く、愛きょうのある来訪者が庭にやってくる。最初タヌキかと思ったが、どうやらアライグマらしい。タヌキほどずんぐりむっくりしていない。

百科事典に「アライグマ科の動物は、アジア産のパンダを除き、すべて南北アメリカに産する」とあるから、ペット用に輸入したものだろう。それが逃げだしたのか、捨てられたのか、繁殖したのかは分からないが、近ごろはあちこちで見かけるという。環境への順応性も生活力もおう盛なのだろう。食べ残しの魚など喜んで食べ、妻の手からパンのおみやげをもらって帰って行く。ひょっとすると子供がいるのかもしれない。

「肉食で、果物も食べる」とあるが、今は好物のネズミもカエルも昆虫も少ない。車にひかれはしないか、犬にやられはしないかと心配でもある。愛好者のみなさん。どうかペットは愛情と責任を持って飼ってやって下さい。

## 47〈平成九年二月二十日　朝日新聞〉

### 女人禁制の愚、早期に解除を

十三日の本紙夕刊に出ていた「女人禁制解除へ署名運動」に賛同したい。山岳修験の奈良県・大峯山系の山上ケ岳でのランニング縦走に、女性の参加が認められなかったのだ。

管理する寺は、その理由を「異性がいれば目がいき、修行を妨げる」と言っているが、それではいささか手前勝手な修行と言われても仕方あるまい。「男子禁制にしている修道院があるのと同じ考え方」とも言っているが、男子は女子寮に入れないというたぐいの理屈でしかない。

森山真弓さんが内閣官房長官の時、大相撲の優勝力士に総理大臣杯を贈ろうとしたところ、日本相撲協会が女性を理由に拒否。わんぱく相撲では地方大会の少女横綱が全国大会に出場できなかったことも記事に取り上げられていた。これらも大きな疑問を感じる。

伝統の尊重は結構だが、悪《あ》しき伝統は整理すべきだ。国技の「国」は国民であり、国民の半数は女性である。日本相撲協会の早急な改善を望みたい。

近年、観光客の誘致や人手不足の解消のため、女人禁制の解除に向かう例も聞くが、便宜的な解除ばかりでなく、女性差別の封建思想の否定に基づく本質的な解除に向かってほしい。

## 48〈平成九年三月十日　朝日新聞・ナゴヤマル〉

ピアニッシモで耳奥のクサヒバリ

二ケ月前から耳鳴りがする。強い時も弱い時もある。

テレビで「耳鳴りは、しゅようが原因だと手術が必要。手術できない時は薬で進行を抑える。高血圧につながる恐れがある」などと言っていた。私は心配になり、かかりつけの名古屋の病院へ行った。

耳鼻科の先生は中をのぞいて「きれいな耳です」と言う。先生の指示で聴力検査を受けたが、検査員も「よく聞こえますね」と言った。最後に先生は「もう年ですね。心配ありませんが、我慢できなかったら薬もあります」。私はほっとして一件落着。

秋でもないのに、日がな一日、耳の奥でフィリリリ……と鳴く虫。これからは、あのラフカディオ・ハーンも愛したクサヒバリくらいに思って暮らすことにしよう。耳奥に住み着いたクサヒバリ君よ。ピアニッシモでお願いします。

## 49〈平成九年五月九日　朝日新聞〉

### 撃たなかったゲリラに思う

本紙の「その時……銃口向けたゲリラ撃たず去る」（四月二十五日）に衝撃を受けた。ムニャンテ・ペルー農相に震えながら銃を向け、引き金に指をかけながら若い占拠犯は「苦悩の表情を浮かべて銃口を下げた」のだ。「人質事件が長引くと、人質が占拠犯に親密感を持ち始める」ともあった。あるいは、この若い占拠犯はプロではなかったのだろうか。いずれにせよ私には、殺されたくないが殺したくない……ごく当たり前の心情の人間だったと思われる。

旧満州牡丹江エキカ山の戦闘は、戦車と砲撃と機銃掃射で一方的にたたかれたひどいものだった。それでも初めて敵に対した私は、ソ連兵に狙いを定めることができなかった。人間は人間を簡単には殺せないのだ。突撃を前に乾パンを数粒手のひらに載せられた時、私は恐怖で魂が抜け、雲の上にいるような浮遊感を覚えた。が、その直後に後退命令が出てなだれるような助走になり、私は解放感から、思わず歌を歌いながら山頂を走っていた。

逃げられない困惑と恐怖の中で命を断たれたゲリラが哀れでならない。人生もこれからという、どこにでもいる若者だったのだ。

## （二）教育にかかわるもの

### 1〈平成五年七月二十八日　朝日新聞〉

#### 学校の制服は不経済不合理

生徒集めに制服を変えてイメージアップを図る学校が多いという。ところがファッション性を重視するので一万円も高くなり、一着四万円もすると報じていた。旧来の黒い詰襟やセーラー服がいいとは言えないが、制服へのこだわりが姑息な手段に思えて仕方ない。第一、二着も買えば八万円もする制服は不経済であり、不合理でもある。

いつだったか、制服を廃止した公立高校のことが報じられていた。生徒の表情は明るく、問題は何もないと、異口同音に服装の自由を肯定していた。中学校と高校で髪型や服装を規制することには何の正当性もない。平等でいいという人もいるが、今時服装に貧富の差があるだろうか。多分非行防止など含めて管理しやすいというのが本音であろう。

## 2〈平成六年一月十七日　朝日新聞〉

### 「病む土」と教育

昨年暮れの本紙「病む土」シリーズの「消えたミミズ」が興味深い。化学肥料と農薬がたい肥にとって代わったころからミミズが姿を消し、ミミズや微生物による土壌再生が行われなくなった。さらに農作物の商品性追求が微生物生態系を狂わせ、連作障害を起こし多くの産地を消滅させたという。

しかも、これが国による指定産地の形で画一的に行われたことに驚く。「土の中で人間を支えてくれている生き物を大切にしないで、農業を工業みたいに考えて効率主義に走った報い」という農民の反省が心を打つ。

私は教育も同じだと思う。知識偏重の効率主義や、一人ひとりの人格や個性を尊重しない画一主義がどれほど教育を荒廃させたことか。それに教育もたい肥もゆっくり時間をかけて醸されるものである。

「不耕起栽培」は常識を覆す発想である。耕起や代かきの手間を省いて収量が劣らず、冷害にも強かったというから不思議だ。その理由は十分に解明されていないが、この農法の普及者は「稲を過保護にしないことで、植物本来のたくましさを引き出す」と言っている。これも、昨今の育児や教育のありようと重なるからおもしろい。植物も人間も鍛えることが必要なのだ。

## 3〈平成六年二月四日　朝日新聞〉

### 行事減らさぬ学校五日制を

一月十七日の「学校五日制で楽しみ減った」という女子中学生の嘆きに共感する。この中学生は、小規模化してしまった文化祭や百人一首大会をそれなりに楽しみながらも物足りなく思い、元通りの復活を願っている。私には、仲間といっしょに生き生きと生活している健康な少女像が目に浮かんだ。

この中学生はまた、卒業後も楽しい行事を続けてほしいと願っている。その楽しさは多分、行事に取り組む中で得た新しい発見や、問題を解決したときの喜びなども含まれているのだろう。それはテストの点数にだけ神経をとがらせている生徒には無縁の楽しさであり願いではないかと思った。

ところで、この中学生は行事が元に戻ると学習負担が増すのではないかと心配している。これには学習指導要領の改定が望まれる。当面はこれこそ教材の「精選化」で、楽しい行事を保証していただきたいと思う。そしてより多くの生徒が、仲間との多面的な活動を通して、互いに興味や関心を持ち学び合える人間関係をつくっていただきたい。

　それにしても、月二回の週五日制モデル校の多くが、学校行事の削減によっても対応している（本紙、昨年十二月三十日）のが気にかかる。

## 4〈平成六年三月六日　読売新聞〉

### 産地直送で優れた給食実践

　先日、無農薬野菜を使用している東京都品川区後地小学校の給食の模様が、テレビで紹介されていました。産地直送で中間業者を介さないので、給食費はむしろ他の学校より安いとのことでした。けれど、何かと面倒な手続きなどもあり、関係者の方々の努力に負うところが多いように思いました。

　どの野菜にも土が着いており、ジャガイモもニンジンもふぞろいで、消毒しないミカンの上皮はごつごつ。外見は決してよくありませんでしたが、心を込めた給食を、子供たちは口々においしいと言って食べていました。

この給食は第一に児童の健康の点で、第二に食に対する教育という点で、第三にこういう給食が普及すれば農業改善の一助になるという点で、大変優れた教育実践でもあると思いました。

## 5 〈平成六年四月二十二日　毎日新聞〉

### 学校に名札は必要ない

近ごろは小、中学校も小規模化し、一学級の人数も少なくなった。が、胸に名札を付けるのは相変わらずだ。いったいどんな必要があってと疑問に思う。

私が勤めていた中学校では、入学式当日、保護者も一緒のクラスごとの写真を撮り、それに名を貼って覚えていた。いつも机上に置き、授業にも持参すればさほど苦労せず覚えられる。いや、考え方によっては機械的に覚えずとも、日常的な接触の中で自然に覚えるのもいいかもしれない。会社や役所はまだしも、学校に名札はなじまないのだ。

先年、退職教員互助会のヨーロッパ旅行で、ばかでかい名札を付けていったことがある。ところが「日本人は何のためにそんなものを付けるのだ」と聞かれ恥ずかしい思いをした。私的な観光旅行に名札など必要ないのだ。

戦前でさえ学校で名札を付ける習慣はなかった。名札は戦時中の遺物なのだ。一日も早く名札がなくなればと思う。

## 6〈平成六年八月二日　朝日新聞〉

### 後押ししたい学校の雑穀食

アワやキビの雑穀を入れた給食が小学校や幼稚園で増えているという「雑穀料理復権」の記事（七月二十六日）に興味を覚えた。初めはアトピーやアレルギー対策だった雑穀が、食物繊維・ビタミンＢ１・マグネシウム・鉄などのミネラルを多量に含んだ健康食品として見直されたということである。

産地と契約して雑穀消費者に届けている「食べもの通信社」は、全国で二百五十の学校や三千五百もの家庭と結んでいるという。

最初は小鳥のエサが入っていると驚いた子どもたちも、今ではすっかり気にいっているらしい。さもあらんと思う。色が黒くて硬い雑穀混入パンも、見た目は悪いが食べ慣れると味も豊かであるからだ。

私は中国の山村で百％のアワ飯を何日か食べたことがある。刻みトウガラシが入っていてうまかった。子どものころはキビのだんごやモチに親しんだものだ。ソバがきやアズキがゆは今でも好きである。燕麦《えんばく》のスープもいい。

ただアワ、ヒエ、キビなどは人気の銘柄米よりも高く、給食しようにも手の出せない高級品になってしまったのが残念。児童生徒の健康と伝統食物の復権に関係者の配慮を望みたい。

## 7〈平成六年十一月二十一日　朝日新聞〉

### 工夫と努力で文章書く力を

文部省が読書感想文に偏った読書指導を問題にしていた（二日本紙）が、読書週間中の感想文の実施などさほど読書離れを助長しているとは思えない。コンクール参加という形で強制すれば「本は好きでも、感想文は嫌い」となるのは自明のことだ。しかし、それはその時だけのこと。むしろ、問題は「文章を書くのが嫌い」と言い直した方がいいような実態である。

文部省の協力者会議は、読書離れの原因として、①情報メディアの多様化、②受験勉強や部活による多忙な生活、③幼児期からの楽しい読書体験の不足——を挙げていた。納得のいく分析であるが、どれもなかなか解決の困難な問題だ。

ところで、作文離れも見過ごせない今日的な教育課題である。これも検討と対策が望まれるが、児童、生徒に文章を書く力や習慣をつけるのは容易ではないであろう。が、例えば①詩、生活文、意見、感想文、調査、研究文、創作、日記など、ジャンルにこだわらず自由に書かせる、②○×式やはめこみ式テストを減らし文章題を増やす、③文集や発表会で意欲を高める――など、教師の工夫と持続的な努力で、かなり克服できるように思えるのだが……。

## 8 〈平成六年十一月二十五日　毎日新聞〉

### 増えてほしい「近所で遊ぶ」

学校五日制が来年四月から月二回になるのに伴い、現行の月一回の土曜日の過ごし方についての文部省調査が話題になっている。

「ゆっくり休養」「近所で遊ぶ」や「部活動」が多い。心配されていた「塾へ行く」が意外に少ない。

しかし、子供が休日に休養せねばならぬほど疲れているとすれば、これはやはり考えさせられる。望ましい姿として「近所で遊ぶ」がもっと増えてほしいと思う。大人に組織され、指導されなければ遊ぶこともできないのでは困るからだ。本来、子供は自由な遊びの創造者だ。

危険だからと庇護《ひご》し過ぎても、エネルギーを喪失してしまうだろう。

さて、学校五日制を実効あるものにするため、関係者はぜひとも平日の学習負担増を解消してほしい。そのためには文部省によるカリキュラムの改定が前提となるが、知識偏重の受験制度の改善なども望まれる。

## 9〈平成七年五月二十一日　読売新聞〉

### 介助学生の育成に賛成

文部省は四月からの学校五日制月二回拡大に伴い、障害を持つ児童・生徒の郊外活動を介助する高校生と大学生のボランティアの育成を計画しているという。大いに賛成したい。手話、車いすなど介助に要する知識・技術の習得は大変だろう。それだけにやりがいがあり、自己の人格形成にも役立つに違いない。

一部の都道府県では既に研修が始まっており、阪神大震災でボランティアの活躍を契機に、研修希望者が増えているそうだ。暗い事件の多い時だけに、心温まる思いがした。優しい社会を目指して頑張ってほしい。

## 10〈平成七年六月十六日　朝日新聞〉

### 世界の学生に魅力ある国に

日本への米国人留学生の減少がテレビで報じられていた。四年前千七百人台だったのが昨年は千三百人台になり、さらに減少の見込みだという。

一向に収まらない円高がこんなところにも波及し、自費留学を不可能にしていたのだ。文化交流や学術の国際協力を目指さなければならない日本であってみれば、全く対策を怠っているわけではないと思う。文部省の奨学生制度は米国でも評価されているというが、今後、援助の強化など一層の配慮をして、問題の解決に取り組まねばなるまい。

が、より問題なのは第二の原因である。米国では大学での日本校が立ち行かなくなるなど、学生の日本への関心が低下し、逆に中国への関心が高まっているというのだ。こうした傾向が、もっと広くアジアの学生に及ぶとしたら……そう考えると寒心にたえない。

いつもあげつらわれる経済や社会の閉鎖性、民族的特殊性、加えてサリン事件、戦後五十年の国会決議問題、渡辺元副総理・外相の暴言など悲観的材料が並び、目立つのは収益を求めて海外への依存に走る企業の姿ばかりである。世界の学生たちにとって、もっと魅力のある、敬愛に値する国になりたいものである。

## 11〈平成七年十一月五日　毎日新聞〉

### 服装の自由化に賛成したい

三重県の一身田中学校（生徒七〇〇人）が、保護者に呼びかけ、試行期間を設けて服装を自由にするとテレビで報じていた。こういう規模の中学校では県内で初めての試みで、生徒が自分たちの服装を自分で考える機会にするという。髪形に続いて、服装の自由化も自然の成り行きであり、私は賛成したい。

髪形同様、服装の自由化に何の不都合もないと思うからだ。かつて中学校も自由だったのだ。それが非行の顕在化とともに、一斉に規制に走ってしまったのだが、そうした管理主義が何をもたらしたかは明々白々である。

制服は「経済的だ」「あれこれ考えずにすむ」「中学生らしい」などの意見も根強くあり、私はそれらを一概に否定しようとは思わない。服装の自由化には、詰め襟服やセーラー服を選んで着る自由もあっていい。一身田中学校の先進的な試みが、実りのある教育実践になることを祈りたい。

## 12〈平成七年十二月十七日　中日新聞〉

### 中学生の服装自由化を歓迎

津市立一身田中学校に続いて、久居市立久居西中学校でも「服装を考える自由化試行」が始まった。これを機に自主的判断を培い、自主的に校則を考えるきっかけにしたいというのが教師側の願いだ。こうした教育的な校則や服装の見直しは、今や全国的な流れであり、県下で次々と実施されることを歓迎したい。

このことに関して津市教育長が「華美、高価でなく、機能的であるべきだ」と述べているが、自由化がともすれば華美に向かうのではとの保護者の心配を配慮してのことだろう。が、私はこれこそ生徒や保護者が自主的に判断する好材料だと思う。

また、運動や掃除や行事などにきびきびと取り組む生徒の服装が、結果的に機能的なものになるのは当然で、私もこの点は同感である。「中学生らしい服装」とよく言われるが、それは言い換えれば、生徒や保護者の自主的な判断と選択による、機能的な服装にほかならない。

## 13〈平成八年三月二十日　朝日新聞〉

### 「剣道の必修」時代に合わぬ

信仰上の理由で、必修の剣道を拒否し、退学に追い込まれた元神戸高専の生徒が、校長に処分取り消しを求めた訴訟で、最高裁が処分は違法との判決を出した(八日本紙夕刊)。私は妥当な判決だと思う。

体育専門の学校ならともかく、病気や身体障害などのために体育実技を受けられない時は、代替カリキュラムの履修を認めるのが普通。戦前でさえ見学で済ませていたのだ。もし、信仰上の理由が不都合だというなら「信仰の自由の侵害」にもかかわろう。

しかし、私はそのことより「必修の剣道」という言葉に引っ掛かった。剣道や柔道が必修だったのは五十年昔の旧制中学校でのことで、今どきの必修を奇異に感じたからである。とは言っても、高度経済成長期に非行が顕在化したとき、剣道・柔道・相撲のうち一つを選んで必修させようという文部省通達が出されたことがある。精神主義的な色彩の強い生活指導のねらいだったが、指導体制整備の裏付けが全くなく、幸い自然消滅してしまった。

羽曳野市の教職員に、市が予算を計上して制服を着用させると報じられているが、これらのいずれにも、抜き難い保守性と高圧的な管理主義が感じられてならない。

## 14〈平成八年三月二十日　毎日新聞〉

### 学校でジャージではダメ？

大阪府羽曳野市が市立小、中学校の教職員全員に制服着用の導入を計画して紛糾し、教職員側はそれを「管理強化」「税金の無駄遣い」と猛反対している。

一方、推進派も「心の乱れは服装の乱れ」「服装正して信頼される先生に」などと負けてはいない。

改まった場は別として、普段ジャージでは不都合だろうか。汗を流して教育に熱心に励んでいる教師の服装が、ジャージ、いやジーパンであっても、問題ないのではないだろうか。

テレビで中学生が「生徒に制服を押しつける以上、先生も……」と言っていたのが印象的だった。

さて、教師と生徒は別だと言って納得させられるだろうか。

この際、教師も「学校の決めた制服が一番中学生らしい」などという理屈にもならぬ偏見を捨てて、生き生きと学び生活する児童・生徒の育成を目指すことが、解決への道ではないのか。

## 15〈平成八年四月七日　中日新聞〉

### 年をとっても勉学心持とう

本紙朝刊三月二十九日付社会面、八十六歳で四月から通信制高校入学を決めた三重県久居市の青木秋雄さんの記事を読んだ。五十代、六十代で勉学の志を立てる話は時折聞くが、八十六歳には驚いた。それも「二年で卒業し、ぜひ大学まで」と意欲的。これは青木さんが昭和三年、県立松阪商業学校を第五学年で中退してからの念願で、思いつきではなく、堅固な意志に貫かれているのだ。

私は感服すると同時に反省した。かつて私は多忙な勤めの中で、直接仕事とは関係のない読書にも励んだのだ。それが暇になるとかえって怠け者になり、近ごろはせっかく入手した「柳田国男全集」もほとんど積んであるだけ。将棋を指したり、文章を書いたりしているからボケはしないなどと、しんどいことは棚上げして向上への意欲を失ってしまっているのだ。青木さんを見習い、少しは勉学心を取り戻そうと思った。

## 16〈平成八年四月十日　朝日新聞〉

### 先生の呼び方相手に応じて

五日の本欄で、幼稚園教諭だった方が（同僚も含め）子供に対して自分を「先生」と呼ぶのが自然だったと言い、また自分を「先生」と呼ぶのがいけないというのなら、どう呼べばいいのかと問うていた。私は、それは相手が幼児・児童・生徒・学生などによって異なるのではないかと思う。

たぶん、大学では教師は自分を「先生」とは言わないだろう。それは相手がもう客観的な自我を持った大学生だからだ。逆に自我意識の極めて未発達な、まだ自分で自分を「××ちゃんは……」と言っている幼児の段階では、この方の言うように教師は母親的存在であり、教師は自身を「先生は」「先生も」と、情緒的に表現するのが「自然」なのだと思う。

このように自我の発達段階からみたとき、私は小学校の高学年、少なくとも中学生の段階からは、教師は「わたし」「ぼく」という客観化した呼称を用いるのがいいのではないかと思う。

時折、教師の中にも一部芸能人のように「おれ」という一人称を使う人がいるが、これは芸能人以上に違和感を覚える。本来、教育というものが優れて理性的な営みだからであろう。心してほしいと思う。

## 17〈平成八年四月十六日　中日新聞〉

### 大切にしたい日本の『国語』

五日付本欄「若い世代の声」に、共に十九歳で、家永洋介さんの「国語を重視し誇りを持とう」、松井慎一さんの「再活用したい国語の教科書」というのがあり、興味深く読んだ。

家永さんのは「国語をよく学び、国語という年月をかけた身近な文化に誇りを持てば、言葉の乱れも直せる」という要旨。松井さんのは「今春卒業の後で手にして見ると、さまざまな雑学やエピソードなど中身豊かで処分してしまうのは惜しい」という内容だ。

その通りだと思う。が、国語を身近な文化、生活に息づく文化とみている人が、どれだけいるだろう。

家永さんのような若い人がもっと増え、変な日本語が少なくなることを祈りたい。松井さんの発想も面白い。

実は数年間、教科書採択の仕事をしていたので、私の書斎にはたくさんの国語教科書がある。

それは時代の鏡であり、中には全集にもない文学作品や貴重な文章があって、私は大切に保存、活用している。

## 18〈平成八年五月四日　毎日新聞　私なら、こうする！　子供の教育（テーマ投稿）〉

### 教科書規制や検定を廃止する

教科書を補うものとして、スライド・掛け図・図書資料などがあり、近ごろはテレビ・パソコンも加わって、補助教材がますます多様化し近代化もした。が、やはり教科書が授業の中心になっていることは、今日も変わりない。

だが、その教科書が文部省のさまざまな規制や検定制度によって厳しくチェックされ、魅力のないものになっているのは問題である。

「家永裁判」などに象徴されるように、執筆者の自由な考えや個性を奪い、思想統制さえ憂慮されるのだ。その結果、どれも変わりばえのしない中身になってしまっているのである。

自由と個性を尊重するのが民主的な教育である。その根底を支えているのが教科書である。その教科書が今日のような状況では、とても生き生きとした教育は期待できない。

私はまず教科書作成・選択にかかわる規制や検定を廃し、そこから子供の教育の自由を保障したい。

## 19〈平成八年五月二十二日　朝日新聞・ナゴヤマル〉

### 順位付け廃止を、学ぶ楽しさが欠落

九日の本欄で愛知の方の「やる気をなくす試験の順位付け」を読んで驚いた。順位付けはいじめであり、やる気をなくしてしまいそうならく印、と述べているが、同感だ。また、それが公立中学校なら、なおさら疑問だ。

順位付けは、下位の者には救いようのない劣等感を、上位の者にはいわれのない優越感を植え付けるだけである。そこには、一番大切な「学ぶことの楽しさ」が欠落してしまっているに違いない。

また、単純な知識や一面的な理解力ならいざしらず、推理力や創造力、表現力、記述力などなどに、どうして順位付けができよう。順位付けは教育の狭隘《きょうあい》化にほかならない。廃止すべきだ、と思う。

## 20〈平成八年八月二十八日　朝日新聞・ナゴヤマル〉

### 夏休みの楽しみ奪う宿題づけ疑問

本欄の中学一年・植村君の「多い宿題　何のための夏休みか」に驚いた。英語三冊分、国社数それぞれ一冊の問題集、学科のプリント、理科の自由研究、読書感想文、作文、ポスター、百メートル完泳。それにクラブ活動、二学期には課題テスト。まさに宿題の洪水だが、職員会議などで調整したのだろうか。してなければ怠慢だし、したうえのことなら、いっそう疑問を感じる。週休二日制を支持する教師や父母が多いと聞くが、こうした宿題づけは、週休二日制の主旨とどう結びつくのだろう。

ところで、多忙な教師たちは、宿題の誤答訂正や添削、課題作品の展示に取り組めるのだろうか。夏休みの楽しみを生徒達から取り上げてしまうこんなやり方が、いじめの温床になりはしないだろうか。生徒をますます勉強嫌いにしてしまいはしないだろうか。

## 21〈平成八年十月二日　朝日新聞〉

### 検定廃止撤回、古い体質露呈

九月二十五日の本紙で、自民党が「高校教科書の検定を廃止する」ことを衆院選挙の公約に盛り込む方針、とあるのを読んで意外に感じた。と同時に、これがたとえ個性を伸ばす教育を願う経済界からの要望や選挙目当ての案だとしても、かつてない改革として評価できると思った。

小・中学校の教科書検定は存続の方針とはいえ、高校が突破口になって、将来検定の規制緩和が開けてくるかもしれないとの希望が感じられた。また、このことが教育全般の民主化にも好影響を与える、と思ったからだ。

が、二十七日の本紙で、その「公約案を撤回」したことを知り失望した。自民党の八役会議などで「(検定を廃止したら)歴史がねじ曲げられる」との批判が強く、「教科書のあり方について検討する」という記述にとどめることにして、後退してしまったという。

「高校教育が間違った方向に進み、中立公正ではなくなる懸念がある」との意見も出たというその論議の中身は、これまでしばしばアジアの国々からひんしゅくをかってきた一連の暴言、妄言と軌を一にしたものといえる。私が意外に思ったことが、たちまち障害となって働く、そんな体質の古さを露呈した一幕といえよう。

## 22〈平成九年十月二十日　朝日新聞〉

### 辞書持ち込み高校入試歓迎

「高校入試に英語辞書」の記事を見た。三重県立川越高英語科、名張西高英語科、上野商高人文科では来年度入試から辞書の持ち込みが許可される。同県が始める「特色化選抜」の対象になる一定の割合の受験生に限り英和、和英共に認められる。個性を尊重し、暗記重視を改めたいという。

全国的に聞いたことがないが、問題はなし、との文部省の見解だ。日本の教育の暗記主義的傾向の欠陥が指摘されているが、最近の作文、小論文、文章題などの重視と共に、私はこの試みに賛同したい。

私はかつて中学生の校内国語テストで、国語辞書や教科書、あるいはノートの持ち込みを許可し、時間の制約を設けない方法をも試みてみた。生徒はむしろ意欲的に取り組み、次第に綿密な文章を書く力を身につけていった。

こうしたテストは、無論暗記主義的なテストでは成立しないが、それ以上に生徒の自由な思考や、個々の感性を尊重する授業が前提になることを痛感したものだ。この試みが発展し、暗記主義のやせた教育の克服につながってほしい。

## （三）旅にかかわるもの

### 1 〈平成三年十一月一日　退教互だより第七二号〉

アメリカ南部の旅（アメリカ東・南部の旅から）

九月二十五日。バスはフロリダ半島の最南端キーウエストに向う。どこまで行っても、小高い丘ひとつない海抜0メートルの湿原だ。優美な起伏を見せるニュージーランドの草原と違って、どこか荒々しく、映画「ハリケーン」を思い起こさせる。ここはアリゲーターの棲息地だが、皮革製品のための乱獲で、一時絶滅しかけたという。食料を奪われたインディアンの困惑の姿が目に浮かぶ。所々埋め立てられて街が建ち始めている。今アメリカで一番変貌しているのがこのフロリダだ。バスは四二の橋が島々を結ぶキーウエストに入った。ハイウエイの両側にすぐ広がる青い海。椰子とビンロージュの茂る珊瑚礁。マングローブの林――若い時に来て潜ったら、どんな

に楽しかったろう。

キーウエスト市内観光では「ヘミングウエイの館」が印象的だった。道路にまで溢れる亜熱帯性植物に覆われた古い木造の館だ。狭い急な階段を上がると、くすんだ緑色のバルコニーに出た。「誰が為に鐘は鳴る」「武器よさらば」などを、彼はこのバルコニーで涼をとりながら書いたのだろう。実にここは暑いのだ。庭やプールの周辺を数十匹の猫が懶《ものう》げに歩き回っていた。奥さんが猫好きだったという。

二十六日。マイアミ市内観光。金持ちと若者の集まる全米第一の保養地だ。それにしても、若者のたむろしているレストランやディスコの、ペンキの色のなんと派手なこと。キャンディーの包み紙みたいな色彩だ。

二十七日。メキシコ湾をニューオリンズに飛ぶ。宝石のようなマイアミの夜景が眼下に遠ざかる。ニューオリンズの街並みは、フランス植民地時代のしゃれた雰囲気が漂っている。市民の六〇％が黒人だ。アフリカの街を歩いているような錯覚を覚える。夜は昔の娼婦街を模したという「バーボン通り」に出掛けた。土産品店、レストラン、バー、ジャズの店、ストリップ劇場が軒を並べ、光と音と老若男女の人いきれでごったがえしている。「ワーッ」と喚声が上った。見るとストリッパーが二階の小窓から裸の尻を突き出したのだった。猥雑だが楽しい街だった。年寄りを受けつけないといった、東京のいくつかの街のような畸形的な異常さはここにはなかった。一軒の店でデキシーランドジャズを聞いた。

二十八日。ニューオリンズの朝は爽やかだった。ノミの市はまるで人種の坩堝《るつぼ》だ。様々な物売りの様々な言語が交錯している。ここで記者をしていたハーンに、「ニューオリンズの朝」というルポがあるが、そのルポを彷彿とさせる情景だった。私はイギリス人の老婦人から黒人の泥人形を、イラン人の若者から鞄を買った。絵ハガキを買うと、「ハーンの長靴」という怪しげなのがあった。土産品店の店先に、長靴がぶら下がっているのだ。ガイドに聞くと、他にはハーンに係るものはないと言う。ポーでさえ忘れられてしまうお国柄だ。所詮、ネガティブな文学者など、お呼びでないのかも知れない。

ノミの市の前がミシシッピー・リバーボートの船着場だ。外輪船をバックに写真を撮っていると、突然スチーム・オルガンが湯気を吐いて、馬鹿陽気に歌い出した。乗船の合図だ。私は今度の旅行に私を引っ張り出した妻と、最上甲板に陣取った。子供達の賑やかな声、流れる雲、川づらを吹き渡ってくる秋風、まぶしくきらめくさざ波、河下にかかるトラス式架橋、更に遠く見はるかすビルの影絵、架橋を次々とくぐり抜けて、ぬっと鼻先を通り過ぎて行く巨大な貨物船……近代的だが、このおおらかさはやはりマーク・トウエンの世界だ。隣のおじさんがにやっと笑って、得意げに親指を立ててみせた。たぶん「どうだい、南部はいいだろう」とでも言っているのだ。トウエンがこよなく愛したこの大河を溯行していくと、トム・ソーヤのような野放図な少年達が、今でもいるだろうか。
外輪船は異国情緒の漂う瀟洒《しょうしゃ》な街に添って、ゆっくりと進んでいた。

## 2〈平成五年十月　三重県退教互「友の便り」第十九号〉

### コペンハーゲンで

九月の北欧はもう観光客も少なかった。すぐ厳しい冬がやってくるのだ。デンマークの首都コペンハーゲンとその近郊はなかなか魅力的で、楽しい旅だった。黒々とした森――北欧浪漫派詩人たちにうたわれた森だ。汽車やバスの窓から私は飽かず眺めた。森専門学校の卒業生が公務員になって管理しているのだという。国が大切にしているのだ。人々は四季折々散策やハイキングや猟を楽しむのであろう。森の中に分け入ってみたいと思ったが、それはかなわなかった。山ぶどうやこくわの実がみのる紅葉の秋を私は想像してみた。

点在する古城もさることながら、私は民家の美しさに魅了された。漆喰と木組の素朴な農家。どっしりとしたレンガ造りの民家は屋根も同色の瓦で、そのシックな茶色のたたずまいには伝統的なもののもつ品格が感じられた。内装は近代的に改造されているが、外観は百年、二百年の昔のままだという。小さい白い窓枠が印象的であった。

コペンハーゲンの港の運河には様々な帆船がひしめいていた。それらもやい船のマストが林のように立ち並んで、まるで絵のような景観だった。こいつはバイキングを思わせる観光用の演出だなと思っていると、たいていは現役の漁船や運搬船だという。無論エンジンは備えているにせよ、なんと優美な伝統であろう。オランダの風車以上に私は美しいと思った。行く先々の入江にはヨットハーバーがあった。日本の高級車は金持ちでないと買えないが、ヨットは誰でも買えるのだという。

コペンハーゲンの市街には車道と歩道の間に自転車道が設けられていた。自転車が最優先なのだという。老若男女色とりどりのリュックなど背負って、信号待ちの私達のバスの横をすいすい走りぬけていく。馬鹿でっかいビルなどない瀟洒《しょうしゃ》な街で、二日前に歩いたロンドンのような喧騒はここにはなかった。

無論この国にも様々な悩みや矛盾はあろう。工業化の中で衰退する農業もそのひとつだ。今では小規模農業はたちゆかず、農地を手ばなす農民がふえているという。この国はもはや農業立国ではないのだ。旅行者の目にはいかにも牧歌的に見える田園風景の中に、実は意外にきびしい現実があるわけだ。しかし、そうはいっても、うらやましいほどゆったりとした時間と空間が、まだまだこの小国にはあった。

## 3〈平成五年十一月二日　朝日新聞〉

### 車いすの人に優しい社会を

十月二十七日夕刊の「窓」に出ていた「痛ましい車いす」を興味深く読みました。スウェーデンからやってきた三人の車いす専門家が、日本の車いすは時代遅れで、供給のための適切な技術サービスのないことを指摘。子どもが大人のクツを毎日はいていたら姿勢もおかしくなるでしょう、それと同じです、とありました。

スウェーデンでは車いすの人たちが会社を興し、使う身になって軽くて運転しやすく、体に合わせたものを作っているともありました。日本もこのようになりたいものだと感じました。

昨年、オランダの花博に行ったときのことです。私はメーン会場の豪華なユリにみとれてしまいましたが、それ以上に驚いたことは、車いすの観覧車が多かったことでした。私の前後左右を絶えず楽しげに車いすの方々が行き交うのです。大阪の花博も立派でしたが、こんな情景には接しませんでした。

施設での行き届いた配慮。車いすの方を優先させたり、何かと手を貸す周囲の人々のあたたかい協力。そして何よりも車いすの方々の明るさ。私自身も障害を持つ身ですので、ほのぼのとした気持ちになりました。

## 4〈平成五年十二月七日　読売新聞〉

### 中国の日本語熱

旅行で訪れた北京の土産品店で日本語を話す店員の話を聞いた。彼は中学・高校で日本語を選択し、希望通りの職に就いたという。しっかりした日本語だった。

実際、どこにでも、そうした若者がいて、私たちは不自由しなかった。雲崗石窟《くつ》では、日本語学校で学んだ日本語を実践しようと盛んに話しかけてくる二人連れの女性がいた。ある公営レストランではテーブルごとに女子大生の通訳がいて、私達の様々な質問に答えるという手厚いサービスぶりであった。

若い女性バスガイドが別れ際にあいさつした。「きょうは大変まずいの日本語で失礼しました。トクガクで勉強したものですから」

確かに流暢《りゅうちょう》ではなかったが、七年も八年も英語を習ってきて、さっぱり駄目な私たちは、心から声援と拍手を惜しまなかった。

## 5〈平成六年一月二十三日　毎日新聞〉

### 夢はアフリカとシベリヤの旅

妻にせがまれても一向果たさなかった海外旅行を数年前から始めた。ガンで食道と咽喉をとり、教壇に立てなくなったからだ。

一回目はタイだったが、メナム川のニッパヤシの美しさに魅了されて病みつきになった。カナダの森と湖、ニュージーランドの牧場とマウントクックの氷壁、スイスの山村、スペインのトレドやアルハンブラ、ニューオリンズの街とミシシッピー、デンマークの古城と民家などなど、昨年茫々《ぼうぼう》と果てしないモンゴル草原の旅で八回目を重ねた。

私にはアフリカとシベリヤに行ってみたいという夢がある。褐色の大地やサバンナに生きる人間と動物を見、地球の根源的な生命力に触れてみたいのだ。一方シベリヤは抑留生活で重労働と飢えにさいなまれた地だ。今ではとても冬に行く勇気はないが、一斉に花々の咲く春か、山ぶどうの実る秋に行ってみたいと思う。苛酷な日々だったが、あれほど美しい森を私は他に知らない。

## 6〈平成六年三月六日　朝日新聞・いい朝日曜日・海外〉

### 忘れられない通訳

昨年、旅をした内蒙古自治区の区都フホホト（青い城、草原の城の意味）。われわれの観光バスはクラクションを鳴らし続けるが、自転車は悠々と前を走り、歩行者は平気で前をつっきる。「えらいとこやなあ」とつぶやくと、通訳は「日本のドライバーは、ここで通用しません」と応じた。青空ビリヤードで遊ぶ若者の姿に、「日曜でもないのに、朝から玉突きかい」と、だれかが言うと、「日本人のようにガツガツ働きません」と切り返してきた。「日本人は買い物にくるのか」と平気で耳の痛いことも言った。

しかし、土産店の店員がしつこく客引きをすると、彼は同胞のさもしさに激しく怒った。また、北京駅では、融通のきかぬ駅員に、口角泡を飛ばして食い下がり、敢然と職務を果たした。通訳は三十がらみ、がっしりした体格。負けん気の強そうないい面構えだった。

## 7〈平成六年三月二十日　読売新聞〉

### バス内の音楽にもっと配慮を

観光バスや中距離バスで、ラジオやテープの音楽を延々と流すことがあります。同じテープを何度も繰返し聞かされ、うんざりしたこともありました。音楽は人により快さの尺度が違うので、アクの強い演歌などは避けてほしいものです。本を読む人、風景を楽しむ人、会話する人、考えごとをする人、休息する人など様々です。流すにしても音量を下げ、聞き流しやすい曲がいいと思います。

ニュージーランドへ行った時、ガイドさんが「しばらく説明を休みます。音楽を流してよろしいですか」そう断って、日本人の好きなビバルディの四季を流しました。窓外の牧場風景に実によくマッチして、心憎いバックグラウンド・ミュージックでした。もっと聞きたいと思いましたが三〇分ほどで終わりました。音楽にはそういう配慮や感性がほしいものだと思いました。

## 8〈平成六年六月十九日　読売新聞〉

### 御蔵島遠望と思い出

五月三十一日快晴。八丈から三宅への船旅が快かった。洋上に寄港地・御蔵島が現れた。キングコングの映画で見るような絶海の孤島。そそり立つ断崖を、滝が一筋海に流れ落ちている。平地はなく、小型漁船が数隻斜面にへばりつき、山頂の建物が空に浮いている。見るからに厳しい自然環境だが、昔から高価なツゲの産地であり、水質がいいので、今は水ビジネスなど、他の島より豊かなのだという。

外洋に突き出た堤防に、船からロープが発射され、船がそれを引き寄せていく。が、途中で作業が中止された。穏やかな日だというのに、潮の流れが速くて接岸できなかったのだ。

船は島を後にした。私は四十年昔を懐かしく思い出していた。私はもう少し東京よりの、新島の中学校の教師だったのだ。一〇時を過ぎるとランプの下で勉強し、くさやと芋焼酎に親しんだ。秋から冬かけて西が吹き荒れたが、純な生徒との日々は楽しく、空は広く、住めば都だったのだ。

## 9〈平成六年八月一日　中日新聞〉

### 八丈島の文化の豊かさに感動

先日八丈に観光に行った。ガイドの話では「『鳥も通わぬ』どころか、ここは渡り鳥の生息地で、中には居心地がいいのか居ついてしまったのもいる。また罪人は遠島が八丈に決まると、佐渡でなくよかったと安堵《あんど》した。妻もめとれたし、殊に八丈に多かった政治犯や思想犯は教育者や指導者として遇され、島の文化を高めた」とのことだった。

歴史民族資料館に縄文土器や精巧な矢じりがあった。素材の石は本土各地からもたらされたという。私は古代人の勇気と文明の交流に驚いた。空前絶後の大著『八丈実記』の著者近藤富蔵の手になる八丈の地図が壁にあった。二メートル四方の見事なものだ。明治になって赦免されながら、現地妻と共に再び島に戻った数奇な人生を、私は路傍の墓に偲んだ。

自然と人情の豊かなこの島は、美しい玉石垣や黄八丈に象徴されるように、昔から文化的で時代劇に見るような、おぞましいだけの流刑地ではなかったのだ。

## 10〈平成七年一月二十六日　読売新聞〉

### 三宅の鳥たちいつまでも

昭和三十七年の噴火の跡が凄じい。が、累々《るいるい》と連らなる溶岩や火山礫《れき》の上にはイタドリなどが生育し、自然の生命力の強さを感じた。ここは名にし負う都下のバードアイランドだ。アカコッコやカラスバトなどの天然記念物を始め、その種類は二百種に及ぶという。シイの大木が鬱蒼《うっそう》と茂る大路池《たいろいけ》で、バードウオッチングの学生と一緒に楽しく耳を傾けた。

時折、基地反対の立札を見かけた。役場の職でもある観光バスの運転手が、「鳥たちのためにも、軍用機の飛び交う島にはしたくないですね。開発もほどほどですよ」と言う。全く同感である。

宿の窓を開けると、緑の原生林が迫っていた。降るような鳥の声を聞きながら、のんびりと風呂に入った。夜中に目が覚めると、近くでフクロウが鳴いている。地酒をやりながら、しばらくは懐古的な声に聞き入った。

11〈平成七年六月十八日　読売新聞〉

道、間違えても心地よい旅

島根県との県境にある広島県の帝釈峡へ行った。平日だったせいか人影がほとんどない。雨上がりの渓谷に、神竜湖は緑色の水をたっぷりたたえていた。がけに沿った道を行くとあちこちに卯《う》の花が咲いていていた。

さすがに町中と違って花の白さがさえている。道を間違えて倍も歩いてしまったが、申し分なく晴れてさわやかな散策だった。土産物店の水槽には、井伏鱒二の短編『山椒魚』のモデルになったというオオサンショウウオが、のっそりとはっていた。

宿の露天風呂に入った。体まで染まりそうな木々の緑。眼下に神秘的な湖を見下ろして、私はたった一人、サンショウウオのように沈んでいた。

12〈平成七年九月二十四日　朝日新聞〉

収容所で実感、ドイツの良心

先日、昔の仲間との旅でドイツ・ミュンヘン郊外のダッハウの町へ行った。ナチスの収容所の見学である。ここに収容されたのはユダヤ人だけではなく、その規模の大きさに驚いた。

復元された「蚕棚」とよばれる収容部屋を感慨深い思いで見た。私もシベリヤの「蚕棚」で、苦しみにさいなまれたからだ。栄養失調や苛酷《かこく》な労働で、多くの人が死んだのはどちらも同じだった。死体を焼いた部屋、死体を山積みにした部屋があった。私たちの収容所では山中に大きな穴を掘り、ソリで運んで行って埋めたと聞いたが、定かではない。

当時の様子をリアルに伝える写真や映画を見た。ぼろを着てシラミをつぶしている人。アルミ缶にこびりついた残飯を、指やスプーンでそぎ落としてなめている人。その姿はカタツムリまで食べた五十年前の私たちそのままだった。ただ、加害者がそれを大切に保存し、自ら犯した罪業をまじめに、熱心に見ている点が異なっている。

私が鼻水をぬぐうためティッシュを取り出そうと、かばんの中を音をたててさぐっていたら、前にいた若い女性がなじるような表情をして振り返った。私は彼女の目にも、ドイツの良心を見たような気がした。

ドイツの美しい街や山村の風景を堪能し、ドイツ人の美しい心に触れた、とてもよい旅だった。

## 13〈平成七年十月八日　読売新聞〉

### ドイツの景観にやすらぎ

ロマンチック街道を旅した。この平野国家はのびやかで広い。森に縁どられたなだらかな丘陵が、狭い山岳国家の世界に住していた私を解放してくれる。茶色い民家の村には、必ずとがった屋根の教会がある。領主の居城が次々と小高い山に姿を見せる。名のとおり実に浪漫的だ。ドイツ近代詩が花開き、深みのある音楽と共に、今も多くの人々に愛されているのは、こんな風光を土壌として生まれたからであろう。

緑の多い都市がまたいい。至る所に中世の家並みや構造が残り、安らぎを覚える。大きな看板がない。自販器がない。ごみも少ない。建物の高さが制限され、生活の利便や営利は少々犠牲にしても、品位のある景観を大切にしているのだ。

「帰りたくなくなるね」……同行の仲間が言った。効率主義と機能一辺倒の味気ない世界に対する批評の言葉である。

## 14〈平成七年十一月七日　朝日新聞・ナゴヤマル〉

快適なバスだが、構造など見直しを

今の観光バスは窓が大きく視界が広い。車体が大きく座席の座り心地もいい。中・長距離バスには、トイレや飲み物のセルフサービス設備までついている。一見申し分ないのだが、車のひしめく道路での運転は難しく、事故にも弱い構造が指摘されている。テレビで運転手が、大きなガラスの前でいつも危険にさらされている恐怖を訴えていた。

観光バスの色つき遮光ガラスも疑問だ。先頃ドイツのロマンチック街道を旅した時もそれだった。ヘッセがその詩「シュワルツワルト」で「なんともいえず美しくつながる丘／暗い山、明るい草地／赤い岩、トビ色の谷が／モミの影にほのかにおおわれている！」と、うたっているように、素晴らしい風景の連続だった。私は窓を開けて、秋風を満喫したいくらいだった。が、その明るい秋の日差しの中の風景は、まるで夕もやの中のように精彩がなく、折角撮った写真もみな駄目だったのだ。

バスの構造などを安全と用途の両面から、ぜひ見直してほしいと思う。

## 15〈平成七年十一月二十六日　読売新聞〉

### ドイツ人のぶっかけ飯

今年の秋、ドイツを旅した。濃厚なスープやポタージュ、てんこ盛りのポテトやサラダ、肉やソーセージのメイン料理、生クリームのかかったアイスクリーム……うんざりするような実質主義だ。「郷に入っては」と言うが、私にはもうそんな順応性はない。が、ありがたいことに、近ごろは機内や日本料理店で日本食にありつく機会が多い。観光地の街角では焼おにぎりまで売っている。ホテルのバイキング式の朝食には、ご飯、おかゆ、のり、梅干し、削り節、つくだ煮、漬け物、納豆、豆腐……ずらっと並んでいる。

ある朝ホテルで、体のでかいドイツ人がご飯にみそ汁をかけて持っていったのに驚いた。聞けばみそ汁はそば、すし、豆腐などと共に、外国人の好む日本食の代表格だという。昔、みそ汁は後進性の象徴だったがと、その国際化に隔世の思いがした。

## 16〈平成八年三月一日　産経新聞〉

### 快く住める街づくり図れ

ポイ捨て規則の厳しいシンガポールやカナダの観光地ならともかく、規制のないドイツの街に、ゴミの少ないのをうらやましく思った。

落ち着いたたたずまいの町並み。屋根や壁もほぼ同じ様式に統一され、新建材やサッシの窓枠さえ使っていない家が多い。そんな環境や住家に対する考え方や美意識が道徳意識にもつながっているのだろう。

一方、日本ではどうか。ばかでかい広告、氾濫《はんらん》する自動販売機、機能一辺倒の住家、貧弱な公園や街路樹、そのうえ、たばこ、紙くず、ガム、缶などが捨てられた街の味気なさ。

経済優先はもうこの辺にして、快く住める本当に近代的な街を住民と自治体が一緒になって、考えてもいいのではないか。毎朝ゴミ拾いをしていると、車の灰皿の吸い殻がぶちまけてあったり、びんが粉々に割ってあったり、寒々とした思いさえする。

# （四）四季おりおりの庭

## 1〈平成五年十月　退職者共済だより〉

### 山桜と桐

七年前、高校の講師をしていた私は、思いがけないガンで食道と喉頭を切除した。危うく命はとりとめて退院したものの、不自由な体となり、もはや無用の人であった。が、私は不思議に虚しさはなかった。生きている、そのことが喜びだったのかも知れない。

そんなある日、裏庭の花壇に小さな苗のようなものを見つけた。「桜のようだが」と、初め自信がなかった。三メートルほどになった時、「これは山桜だ」と、察しはついたものの、自生のせいかなかなか花を着けない。

ところが五メートル、六メートルと大きくなるにつれ、りっぱに花を着け始めた。他に根分け

で殖やした牡丹桜も何本かあるが、山桜には山桜の美しさがある。白い小さな花を包み隠すように芽吹く、赤味を帯びた新芽がいい。また染井吉野にはないしなやかな枝ぶりの、すんなりと伸びた葉桜を半年も楽しめるのだ。

一方、桐の方も同じ頃、これは前庭の片隅に突然現れた。ぼってりとした幼葉を頭に着けた、その見慣れぬものは、現れたと思うと面白いほど大きくなり始め、すぐこれは桐だと気づいた。今では二階の屋根より高くなり、うちわのような葉を着けた枝を、闊達に空に向かって広げている。そして、この生命力あふれるものは、五月には円錐形の紫の花を、夏には涼しい緑陰を私に提供してくれるのだ。

まるで私の病後を慰めるかのように、どこからかやってきた山桜と桐は、今では大切な庭木である。そして、音声は喪失しても庭仕事の暇々に、これらの美しい自然物を、私は見て楽しむことができるのだ。

## 2〈平成六年五月十五日　朝日新聞・いい朝日曜日〉

### 新緑の庭で

咲き誇るツツジに劣らず、今、新緑が美しい。つややかなイヌツゲの垣根。紅梅のしぶい紫。茶を帯びた、柔らかい黄緑のテンダイウヤク。空を向いて組み合う、がっしりとしたビワ……。それぞれが個性的で、生命をみなぎらしている。

中学校の教師をしていた時、一年生の女生徒が、こんなさわやかな句を作った。

長靴を洗いてほせり柿若葉

3〈平成六年八月七日　毎日新聞〉

## よみがえった庭

勤めに出ていた間、私には庭を顧みる余裕も関心もなかった。庭は雑草とツタに覆われ、時には桜が咲いて散るのも知らずに過ぎた。妻は裏庭の柿の木を切って、友人達とバレーコートにした。中庭も駐車場にしようと私は提案したが妻は反対した。私の父が生前造った庭だったからだ。

退職後一念発起、私達は汗して庭造りに励んだ。山並みを借景に、数年で、コートは花木と果樹と花壇の明るい洋風の庭園になった。鳥が鳴き、チョウが舞い、孫が捕虫網を振り回している。池を配した和風の中庭も木々が生気をとり戻し、樹形も整い、いつしかひんやりとこけむす庭になった。今は旅と共に私達老後の大きな楽しみだ。

今、花壇は花盛り、色づいたスモモの木陰で先日一緒に旅をした友と語り合った。涼風が渡り、

「ここはせいせいする」と友は言う。

4〈平成六年十一月二十日　朝日新聞・いい朝日曜日〉

花よありがとう

大きなヤマザクラの根方にインパチェンスの花壇がある。紅と紫と白と、それが微妙に入り交じった花とで、庭を優しげに彩っている。

「南アフリカ原産。多年草で弱光を好み、開花期が長く、種子は覆土を必要とせず」。毎年、こぼれ種が発芽し、本葉二枚くらいに間引いて並べ替えれば出来上がり。金も手間もかからず、夏から十一月の終わりまでけなげに咲き続けてくれる。手で触れると、ゼンマイ仕掛けのようにはじけ飛ぶ種は、小学一年生の孫娘のお気に入りだ。

少し離れた日当たりに、やはり自然発芽のニチニチソウの花が、夏から頑張って咲いている。「ジャワ、マダガスカル原産。花は星状の五弁で、白、桃、濃赤」。少し寂しいが、かれんな花だ。

## 5〈平成六年十二月一日　中日新聞〉

### 一人くつろぐサザンカの庭

裸のカキの木が影を落とす中庭に、サザンカが咲いている。白と紅の入ったのとあるが、花びらを散り敷いて、どちらも美しいたたずまいだ。

ウメモドキのくすんだ桃色の実が、花モドキといった風情で面白い。築山のナンテンの陰にツワブキが咲いている。暗い茂みの中で、黄色が鮮やかだ。奥の方にセンリョウのルビーのような実がのぞいている。

竹ぼうきをさげて裏庭に回ると、青い夏ミカンが日を受けている。ハクモクレンと白ツバキのつぼみが、もう親指大に膨らんでいる。近寄ってよく見ると、ロウバイやハナミズキも、米粒のようなつぼみをつけている。木々は葉を落としながら、一方では春に向かって営々と力を蓄えているのだ。

今日（執筆当日）は「勤労感謝の日」。家族は昨日から紅葉見物に出掛け、私は都合で一人留守番だ。が、しんとした初冬の庭を掃き清め、こうしてゆっくりとくつろいでいるのも悪くない。

6〈平成七年二月十二日　朝日新聞・いい朝日曜日〉

異国的な華やかさ

冬枯れの庭でロウバイが美しい。中国原産、古来から花は香料に、根は薬用に供され、千六百年代の初頭に渡来したという。先年、中国を旅したとき、あちこちで見かけたが、細かいうろこのような花弁の重なった花が群がり咲くさまには、どこか異国的な華やかさがある。

「いいにおい」と言って、妻や孫は目を細めるが、残念ながら気管支呼吸の私には、少しもにおわない。ただ、淡い黄色が日差しを背に受けて、幻想的に透き通っているのを見るばかりである。

7〈平成七年四月二日　毎日新聞〉

素朴な夏ミカンあたたかな彩り

裏庭に夏ミカンの古木が一本ある。毎年立派な実をたくさんつけてくれるのだが、残念ながら時代遅れで、家人はだれも手を出さない。ところが知人の中に、すっぱくないミカンなど食べた気がしないという頑固な素朴派がいて、案外無駄にはならないのである。

私の家でもサンマの姿ずしを作るときには、夏ミカンは欠かせない。開いたサンマを半日酢に漬けるのだが、それに夏ミカンの汁を加えるといい風味が出るのだ。カツオの塩辛に皮を細かく刻んで入れるのもいい。

私が子供のころ、夏ミカンにしょうゆをつけて食べる変わった風習があった。それが意外にすっぱさが減じて、不思議に独特な甘みが出るのだ。思えば懐かしい風習であった。

私はこの夏ミカンを丸くかさ形に樹形を整え、庭木に仕立てた。ひっそりとジンチョウゲの咲く早春の庭に、つやのある充実した実があたたかい彩りを添えている。

## 8〈平成七年四月三日　中日新聞〉

### 早春の息吹あふれる庭

二階の屋根よりも高いハクモクレンが咲いた。開花期間が短く、すぐ色あせてしまうのだが、それだけ、いっときに凝縮して見せる美しさは、例えようもない。乳白色の豊麗な花弁を優美に組み合わせ、みんな空に向かっている。「よし、今年も元気にやるぞ」と生きている喜びを感じさせるような盛んな姿だ。

中国原産。花は薬用と食用に、種は油をしぼったという。この品格のある花木は実益を兼ね、古来人々からめで親しまれてきたのだろう。やがて海を越えて渡来し、たぐいまれな生命力で北は北海道から南は沖縄まで広がっていったのだ。

その壮麗さに呼応するかのように、ボケ、ヤブツバキ、シロツバキ、ミニザクラ、ヒメミズキなども咲き競っている。そして樹下の花壇には、赤と白と紫のラナンキュラスが鮮やかに咲いて、庭は今、早春の息吹にあふれている。

## 9〈平成七年七月十七日　中日新聞〉

### ムクゲの花の咲く庭で

いつだったたか、友人にムクゲを一本頂いた。「道のべの木槿《むくげ》は馬にくはれけり」――よく知られた芭蕉の句だが、私はそれまでムクゲを道端の雑草くらいに思っていた。ところが、意外にもそれは灌木《かんぼく》だった。

やがて、ふくよかな花容とすがすがしい花色のフヨウの花が咲いた時、私はまた驚いた。実はムクゲはフヨウ属だったたのだ。そして同時に、この句の面白さがすっと胸に落ちてきた。

「道のべの木槿」は、馬の口の一振りで、ぱっと消えてしまうのだが、大輪の花であればこそ、軽い驚きのあと、消滅したものの存在が、鮮やかに意識に上ってくるのだ。

「朝開暮落花」の異名を持つはかなさも、貴人たちに好まれたのだろうか、平安時代にはもう観賞用として栽培されていたという。

そして、頂いたこのムクゲは、どうやらシロフヨウの一種らしい。

朝のコーヒーを飲むガーデンチェアの傍らで、今年も涼しく咲いている。

## 10〈平成七年十月二十九日　中日新聞〉

### 落柿《ガキ》に思う

庭に三本の柿《かき》の古木がある。毎日、熟柿《じゅくし》を競うように落とす。この地方では尾鷲柿といい、平たい渋柿である。子供のころは、布袋をつけた竿《さお》で採って、とろけそうなのを、三つも四つも食べたものである。駄菓子屋の店先にも、はちきれそうな赤い顔をして並んでいた。今では孫たちも手を出さないが、たる柿にして渋を抜くと、結構おいしいのだ。縁側で、青い空に鈴なりの実を見ているとと、やはり秋だなあと思う。

それにしても移植ごてですくい取って、やっときれいにした庭に、またすぐポタッと落とす、しようもないやつだ。落ち柿といえば、昔、私が教えていた中学校の女生徒が、こんな句を作って樗良《ちょら》賞を獲得した。

トタン屋根に柿落ちる音明日試験

三浦樗良は蕉風に学んだ、この地方にもゆかりのある江戸期の俳人である。

## 11〈平成八年一月二十四日　中日新聞〉

### ジンチョウゲの楽しみ

今を盛りの淡黄色のロウバイの下で、数本のジンチョウゲが咲き始めた。奈良県吉野郡上北山村小橡の先祖の墓に参ったとき、谷間の村と清流を見下ろす墓所の山際にあったのを、手折ってきてさしたものだ。

斑《ふ》入りのつややかな葉がいい。その丸い樹姿の葉上に、紫紅色の小さな無弁花《がく》を星のようにちりばめている。冬の庭のかれんなアクセサリーだ。

ロウバイがぽろぽろと落ち尽くしてしまう頃、堅い無弁花の先が裂け、紫紅色に白が差してくる。無弁花は春に向かって少しずつ開き続け、三月、見違えるような紅白のあでやかな花に変身する。その開花期間の長いのは驚くばかりだ。この花がめでたい花とされるは、そのあたりにも由来するのだろうか。

名香「沈香」と「丁字」をあわせた「沈丁花」の名のとおり、これからの芳香が格別なのだが、気管支呼吸の私には、猫に小判なのが残念だ。

平成元年９月　ニュージーランドにて

**著者略歴**

中岡　準治（なかおか　じゅんじ）

| | | |
|---|---|---|
| 大正14年 | 3月5日 | 三重県尾鷲市に生まれる |
| 昭和17年 | 3月 | 三重県立尾鷲中学校卒業 |
| 昭和17年 | 4月 | 法政大学予科入学 |
| 昭和19年 | 10月 | 入隊 |
| 昭和23年 | 5月 | 復員 |
| 昭和25年 | 3月 | 法政大学経済学部経済学科卒業 |
| 昭和27年 | 3月 | 法政大学文学部日本文学科卒業 |
| 昭和27年 | 9月 | 東京都新島本村立新島中学校勤務 |
| 昭和57年 | 3月 | 三重県尾鷲市立北輪内中学校退職 |
| 平成11年 | 4月12日 | 癌にて死去 |


ウスリー草原《そうげん》のヤポンスキー

2000年11月1日　初版第1刷発行

著　者　中岡　準治
発行者　瓜谷　綱延
発行所　株式会社文芸社
〒112-0004　東京都文京区後楽2－23－12
電話　03-3814-1177（代表）
03-3814-2455（営業）
振替00190-8-728265

印刷所　株式会社平河工業社





ISBN4-8355-0825-4 C0095